*Las ocas*

# *Las ocas*

Álvaro Cruzado

blatt & ríos

1ª edición octubre de 2025

Diseño de cubierta: Iñaki Jankowski | www.jij.com.ar

blatt-rios.com.ar
/blattyrios_esp

ISBN: 978-84-129969-0-6
DEPÓSITO LEGAL: M-18662-2025

Impreso en España / Printed in Spain

*a Ana por darme la mano cada noche*

*El recuerdo de un hecho no es prueba suficiente*
*de su acaecer verdadero.*
Juan José Saer

*si me miro descuento mi doble*
*si te veo agrego tu mitad*
Tamara Kamenszain

# CARTA AL AUTOR

Querido arquitecto:

Me he tomado la libertad de escribirte esta carta a ti: un fantasma. Tus textos desordenados estaban en una caja detrás de un bloque de hielo que se había formado en el congelador. Tuve que picarlo con un destornillador, después de rociarlo con agua caliente. Llamé a la inquilina anterior y me dijo que no sabía de qué le hablaba. En uno de los *post-it* que había entre tus páginas escribiste: "dejaré estas hojas guardadas en la nevera, porque cuando alguien fallece o enferma, lo primero que hacen es vaciarla para que no se pudran los alimentos y se expanda ese olor terrible por las habitaciones. También, porque es el último sitio en el que miraría alguien que registra una casa". Conseguí dar con el piso en el que viviste, pero ya había sido remodelado y pintado, así que los mapas y dibujos de las paredes estaban censurados.

Desde que encontré la caja, hace tres años, he estado obsesionado con tus textos. Los investigué a fondo en los pequeños huecos que me dejaba el trabajo. La calma de mi salón se disolvió entre mapas, hojas, *post-it* y libros de arquitectura. Te convertiste en la distracción de mi vida.

Lo primero, asumí que todo lo que escribiste ocurrió de verdad, de ahí mi empeño. Quería y quiero ayudarte. Lo segundo, me sorprendió que tu historia esté tan alejada de la mía: el incidente del centro de rehabilitación de animales sucedió hace quince años. Pero esa referencia me permitió calcular tu edad. Con ese dato, fui a la universidad y deambulé por los pasillos mirando las orlas; hablé con algunos profesores pero nadie se acordaba de ti después de tanto tiempo. "¿Sabe usted cuántos alumnos pasan por aquí?". Busqué tu empresa, *Despacio*, en jornadas con derivas burocráticas interminables y en las profundidades de internet, sin encontrar ni un solo rastro de ellos: se han difuminado, otro fantasma –imagino que, por lo que cuentas, habrán invertido una cantidad obscena de dinero para conseguirlo–. Visité la torre del edificio en la que estaba la sede central de *Despacio*: no quedaba nada, ahora es un lugar público con cafeterías, una librería, salas de exposiciones, donde se hacen talleres de danza y de revelado de fotografía e, incluso, tiene una cineteca. Revisé cada uno de los edificios que mencionas, sin hallar ni siquiera una pista sobre ti.

Lo intenté por todos los medios, pero he sido incapaz de dar contigo. No sé cómo eres, no conozco tu voz, ni siquiera tu nombre. Esa es la forma con la que conseguiste ocultarte de este mundo: no pudiendo ser nombrado. Esta historia anónima es la historia de un fantasma. La historia de un chico atenazado por el miedo y la ansiedad. Te abrazó la soledad más abrumadora, te quedaste atrapado en miles de preguntas. La culpa y la vergüenza vertebraron tus movimientos. Fue una estrategia perfecta que te volvió dócil, que te deshizo. Quedaste deshabitado y lo único que hacías era mirar atrás, a tu sombra. Le diste la espalda al futuro, porque no tenías otra forma de protegerte. Un día sin notarlo, en una mañana fría y seca, solo te quedaba una pequeña luz cubriéndote los hombros.

Sé que en algún instante tu escritura, igual que tu vida, empezó a despedirse. Tu integridad y tus manos se agrietaban por las pesadillas. Tu letra se aceleraba en las últimas páginas: la morfología y la sintaxis se desplazaban como un organismo vivo. Me ha costado tanto entenderte, que me he dado cuenta de que ya no estamos acostumbrados a leer trazos manuscritos. He incorporado las correcciones que le hiciste a tu texto, aunque me ha llevado bastante tiempo descubrir qué significaban los colores de los papeles (encima lo complicaste más al cambiar los códigos en cada capítulo: añadir, suprimir y sustituir). Dejé anotados los *post-it* que se superponían.

Me gustó que ensayaras antes de escribir: los esbozos que se inician en hojas muertas, que no llegan a ningún lugar. Solo rescato una frase que tachaste: *lo más extraño que me ha sucedido ha sido cuidar de una manada de ocas*. Aparecía en la primera hoja que leí, lo que significa que en algún momento consideraste empezar ahí. Después fuiste más atrás, hasta que tomaste la primera decisión equivocada. Sé que sufriste, que desvariabas, que tu cuerpo era el texto y al revés: las hojas están manchadas, arrugadas, agujereadas, a veces rotas.

*No creo que sea yo alguien especialmente reflexivo y estoy aquí en un sofá sin ducharme y sin apenas comer desde hace días, sin parar de darle vueltas a la cabeza. Atender a las cosas cuando estas han sucedido es la única forma de alcanzar lo que significan en su profundidad. Hay una aprehensión que solo puede realizarse en lo vivido. Si invocamos una situación desde el recuerdo, hay aspectos que se difuminan o se amplifican o se olvidan. Lo que en su momento tuvo importancia, luego puede perder el sentido. Es posible, de hecho, que lo que nos afectó fuera un gesto, una palabra, una mirada que mantuvimos en segundo plano para no atenderla; sin embargo, con el transcurso de los días ese leve zumbido casi enterrado acaba reverberando como un trueno. ¿Es el tiempo el factor que hace reacción? Si entre un momento y otro no sucede nada, lo que cambia la importancia de las cosas es el tiempo.*

Ojalá puedas leer tu libro, significaría que estás vivo. La editorial se ha comprometido a promocionarlo sin que yo aparezca en ningún momento, también usamos un seudónimo por si acaso; evitamos situar en el mapa, como aparecían en tus pintadas, los lugares de la narración, así queda la ciudad como un elemento exterior, brumoso, en el que no entra ni sale nadie. Decidí llamar tu atención con el título, porque sé que siempre será para ti una palabra clave. Te escribí esta carta, que antecede al libro, porque su propia forma es la de la espera: se conversa siempre en la ausencia del otro. Puedes contar conmigo para volver a descubrir este mundo que se entretiene con nuestra desesperación.

*Miro por la pequeña ventana y la tarde, entre colores pálidos, anticipa el sonido de una motosierra que alguien utiliza para podar los setos que hay en el inicio de la calle. Esa pequeña vibración, disminuida por los cristales cerrados de la habitación, la utilizo para concentrarme. Quiero creer que, si escribo aquí mi teoría, el miedo que siento cambie hasta convertirse en algo más benévolo, por ejemplo, en resentimiento, en envidia, en rabia.*

No he intentado definir la realidad, sino aproximarme a lo espectral de tu discurso, a su sonido, a su breve incursión entre los pequeños intervalos habitables del mundo. Lo dejo aquí: abandono este horizonte accidental y su ronroneo cada vez más cercano.

Perdóname. Siempre tuyo,

César.

# LAS OCAS

# *I: el diluvio*

¿Cómo era la ciudad? Apenas la recuerdo porque cambió muy rápido: el tiempo se desestabilizó, como se advertía. Las lluvias torrenciales modificaron el paisaje, que recuperaba su forma en fotografías y vídeos antiguos. En las noticias mostraban imágenes sobre el antes y el después de los lugares; los mismos canales habían medio ocultado, despreocupadamente, eventos similares. Llegó la crecida que no se iba, que desvanecía partes de la ciudad; el agua en tromba discurría por allí como si el espacio hubiera sido concebido para ello. La urgencia de los sucesos replanteó las actuaciones y pronto las máquinas, enormes tractores, recogían los desechos acumulados en las aceras.

Se convocaron manifestaciones *online* por la inacción ante el calentamiento global. ¿Qué quieres hacer si llevamos un mes encerrados?, me escribió Alba, tendremos que quejarnos, esto no es normal.[1] Vale, pues envíame luego el formulario, quiero ver qué hacéis, le contesté. Solo tenemos permiso para escuchar, los moderadores son los que hablan y dirigen la ac-

1 *Post-it*: los diálogos no existen.

ción, dijo Alba. Al parecer, los formularios evitaban que se colapsara o se bloqueara la plataforma asamblearia. Expusieron durante horas sus inquietudes y decidieron actuar: pondríamos comentarios en cada uno de los periódicos y cadenas de noticias; bloquearíamos con miles de correos electrónicos las páginas de las grandes empresas eléctricas y petroleras. Los medios de comunicación contrarrestaron el *spam* con la gran actuación de un experto meteorólogo, que achacaba las lluvias a la erupción de un volcán en unas islas del sur.

El tiempo libre era desolador. El encierro impedía cualquier ritmo lógico y mi cuerpo comenzaba a acostumbrarse. Noté que mis piernas se atrofiaban, me pasaba tumbado la mayor parte del día. Tenía dificultad para respirar, para dormir, para comer, para existir. Escuché las canciones más tristes de mi adolescencia. Me hundí más aún. Había terminado de raparme el pelo, con el baño aún sin recoger le escribí a Alba: no lo soporto más, es horrible, me siento muy débil. ¿Por qué no acompañas a tu madre a comprar? Si te das un paseo, puede que te encuentres mejor, come fruta también, me contestó.

Mamá, voy contigo, le dije. Aprovechamos uno de los respiros que dio la lluvia, avisados por la alerta del móvil. Dios aprieta pero no ahoga, me dijo mi madre mirando al cielo, como si se hubiera vuelto adivina. Nos calzamos las botas altas de agua y fuimos al supermercado del barrio. El dueño, y cajero, tenía la cara consumida de tristeza. Compramos los alimentos que se almacenaban caducados en los estantes. Los yogures no se ponen malos, dijo mi madre en voz alta. Robé un bote de piña en almíbar. Volvimos al piso sujetando su carrito, que había impermeabilizado con un vídeo viral, en el aire. Sorteamos como pudimos el desastre, porque nuestros pies y el suelo se desvanecían bajo el agua y el barro; las cosas amontonadas nos rozaban las piernas, a veces nos entorpecían o nos hacían tropezar; los bordillos parecían limados y, sin querer, hundí mi bota entre las ruedas de un carrito de bebé oculto, aterrorizado intenté sacarlo sin meter la mano, pero con cada tirón el carro se movía conmigo; roté mi tobillo hasta que lo desencajé y pudimos seguir el camino. Ni mi madre ni yo queríamos descubrir lo que nos rodeaba. Antes de girar para la casa, nos pasó un hombre montado en un kayak rojo con varias bolsas de la compra, torció hacia la avenida que habían despejado la noche anterior.

¿Estás buscando trabajo?, me espetó mi madre mientras mordisqueaba una pera. He actualizado el porfolio y he echado varias ofertas, dije rascando con el dedo el mantel de la mesa de la cocina, cansado de verlo. Deja de hurgar, que lo vas a romper, llevas vagueando un mes, al menos ponte a repasar el inglés. Me jodió que se levantara sin dejarme responder. ¡Friega los platos del desayuno!, ordenó desde el salón. Escribí luego en mi diario:

> *4 de septiembre*
> La cadena de sufrimiento es una consecuencia justa, viene un poco de atrás, lejos de las lluvias. El problema es que resuena en la relajación y eso me confunde, ¿cómo llevo esta cuestión hacia afuera? Podría cometer un acierto: devolverme las ganas de vivir; y que mi voz inerte tomara otra perspectiva y que dijera algo útil y que se quedara conmigo, es decir, que no fuera un boceto. Caería la noche, el telón, y mi ca-

> beza se desplazaría… ¿hasta?, hasta un sentimiento o emoción que me perteneciera. Mío, mío, mío y la espalda apoyada para no hundirme. ¿Y mi mano? Es una elipse ortopédica, orbita como un astro que no gira ni conoce su propio final… Si la corto: es ineficaz esta complicación del revés. Mi mano es un tentáculo que agarra comida. Así… tengo que escapar, conocer de nuevo, es decir resucitar, dejar de esconderme. No debería babear mi imaginación. Empiezo a bordear.

A mi madre la amparaba la razón, no podía descansar más. Me había dado una semana de vacaciones y llevaba un mes. Necesitaba hacer algo de valor, centrarme en mí, buscar mi meta. Jugué a las preguntas y respuestas, inmóvil, sentado en mi escritorio intentando ser honesto. Dilucidé desde esa posición lo que yo era: me había renovado de manera decepcionante. Era el segundo mejor de mi promoción, por lo que tenía claro que las ofertas llegarían. ¿Para qué si no tanto esfuerzo? Los grandes estudios buscaban en las universidades, contactaban con profesores… Para eso me había implicado cuando traían a los antiguos alumnos, para eso me acercaba al terminar y les proponía soluciones a los errores de sus mejores obras, para que me tuvieran en cuenta. Estaba seguro de que había demostrado mi capacidad: atendía a los pequeños detalles y ofrecía soluciones viables. Solo tenía que mover el porfolio y esperar. ¿Quizá no me elegían por la foto que había puesto? Aunque yo pensaba que me favorecía porque me otorgaba un aspecto responsable y entusiasta. Tomé la decisión de ignorar a mi madre, por pesada y vieja, por no entender el mercado. "¿Y si es mi estilo? No debería…". Es verdad que era diferente de las nuevas líneas de pensamiento y trabajo. ¿Quién quiere siempre lo mismo? Mi corrección y respeto a los órdenes clásicos –solidez, utilidad y belleza– me habían dado resultado durante la carrera. Mis proyectos siempre seguían una estética definida por la simetría y la tranquilidad, atractiva para su contemplación. Les añadía innovaciones técnicas con el fin de alcanzar un determinado nivel de eficiencia energética o evitar el deterioro de los materiales. Sé que me llamaban conservador, pero era lo contrario a eso. ¿Por qué querrían alejarse de la tradición? Si se realizan modificaciones que anulan la esencia inicial de un edificio o un espacio, se está intercediendo de manera directa en la historia. Por eso confío en la conservación y en la restauración que mantienen la estructura tal y como fue ideada. Recuerdo a compañeros que tenían una imaginación abolicionista, disruptiva, antiacadémica. Eran aburridísimos. Es mejor contraponer ideas, dejarlas que convivan en un mismo edificio, permitir que dialoguen. Iba a explotar de rabia esa noche, por lo que decidí acostarme antes de adentrarme sin remedio en la esfera más profunda del pensamiento.

La mañana avanzaba acortando el sol en mi imaginación, las nubes lo bloqueaban. Mi madre abría y cerraba las ventanas, me instaba a hacer cosas, cantaba, se movía; asumía esa cotidianidad: el encierro. Mi cuarto era un desastre, la ropa se amontonaba en formas terribles por las esquinas, los vasos del café dispuestos en el escritorio habían borrado su amplitud. Dejé que el aire y la lluvia se colaran durante un rato, para renovar esa atmósfera pesada y fanganosa. Recibí un mensaje de Alba antes de comer: ¿cómo estás? Me he descargado un programa de arquitectura de hace mil años; he notado que mi relación, mi afinidad, con la arquitectura se desdibuja, tampoco tengo ganas de leer ni nada, así que le he puesto remedio a mi manera.

No le respondí. Alba era mi mejor amiga, pero a veces no me entendía. Su mensaje me generó ansiedad y angustia. Me hizo darme cuenta de que yo tampoco le había prestado atención a la arquitectura. Está demostrado que el uso y la repetición sirven para actuar, la acción se vuelve costumbre y te permite encontrar soluciones a una velocidad mayor, por eso los artistas marciales o los conductores de drones de carreras repiten infinidad de veces las técnicas o los circuitos. Estaba perdiendo eso y me dio miedo[2] que cambiara mi dinámica con la arquitectura, que me aburriera de repente. Quise adaptarme, moldearme, ser flexible, pero mis sentimientos no eran estables.

No quise comer esa mañana. Me encerré en el cuarto y no salí. Pensaba y pensaba, entré en un bucle, en un pozo negro. Llevaba el lastre de los días, del estancamiento. Ya no sabía si mis ideas y mis gustos eran míos o surgían de una imposición que no había apreciado. Esas dudas, cuando no tienes nada que hacer o te aburres, se vuelven inmensas llegando incluso a gangrenar la voluntad y el deseo. La ansiedad polinizaba cada pensamiento, arrasando cualquier iniciativa que tuviera. En mi correo aparecieron los primeros rechazos de las entrevistas. No estaba acostumbrado a perder: la espiral se volvía abusiva. ¿Había sido por la rigidez de mis proyectos? ¿Me faltaba formación o experiencia? ¿Era por las lluvias torrenciales? ¿Había alguien mejor que yo?

Intuyendo mi malestar, Alba me escribió por la noche otra vez, a pesar de no haberle respondido, vertiéndome ideas que

2 *Post-it*: idiota.

habían sido mías: ha salido en las noticias la casa reformada que tanto te gustó, la del jugador de tenis, está destrozada, no ha podido soportar el temporal. Me entristecí porque me gustaba mucho el diseño del exterior, la distribución de toldos en el jardín ofrecía zonas sombreadas en las horas donde el sol incidía con más intensidad, y después se podían modular con facilidad, recuperando ese espacio que le privaban al cielo. Seguí leyendo el mensaje: el impacto de lo nuevo, así se llama el programa, por si quieres verlo, está entero en internet. Gracias, luego me pondré a verlo, estoy bien, le respondí mintiéndole.

Entre oscuridad y oscuridad vi el programa. Algunos fragmentos se acercaban desde lo más remoto de mi memoria, aunque hubiera olvidado el nombre. De pequeño me entusiasmaba la diferencia de tamaño entre el presentador y los lugares que enseñaba. Busqué el capítulo sobre Brasilia, el sueño de cualquier arquitecto: diseñar una ciudad. Con el proyecto tendieron a una simetría y amplitud que volvió la ciudad, al principio, impracticable para la vida corriente. Soñé que un trabajador empezaba la obra a dos metros de distancia del lugar indicado, por lo que el resto de los edificios ya no se enfrentaban, quedaban avenidas más pequeñas y otras más grandes. Soñé con la irregularidad.

¿Por qué volver aquí, a estos recuerdos tan nimios e intrascendentes? Al final, esos días terribles no se comparan con los que estoy viviendo. Esa ansiedad era plácida, asequible y estable. Ahora me engulle la desesperación.

*II: hijo modélico*

Afuera llovía y llovía. Las grandes masas de agua me hicieron olvidar las calles y su uso. La cumbre de las farolas aún permitía intuir las distancias; los árboles arrancados navegaban sin control, vislumbrándose entre sus ramas pequeños objetos embarcados. El tiempo ruinoso me esterilizaba la imaginación. Mi voluntad estaba deshecha. Vivía en un estado letárgico: los sueños y lo real coexistían rivalizando. A veces, me despertaba sobresaltado y de pronto me volvía a despertar sobresaltado. Miraba el montón de ropa sobre la silla y encontraba los mayores demonios. La pequeña capa que separa los dos estados se difuminó con el transcurso de los días.[3]

Sin saber cómo, esa situación somnolienta y depresiva me alertó sobre mi vida. Anoté en el diario: mi pensamiento y mis acciones nunca me han pertenecido, voy guiado; mis pasos siguen huecos previamente abiertos por mis padres; he hecho el camino que a ellos les habría gustado hacer; soy la encarnación de sus sueños, soy la única posibilidad que han tenido de volverlos tangibles.

3 *Post-it*: ¿y si sigo en un sueño?

Mis padres para no sumirse en la tarea diaria, y terrible, de estar consigo mismos inventan quehaceres estúpidos. Los veo haciendo pasta o deporte en el salón y me enfadan, no han hecho eso nunca, parecen ovejas. No hacemos nada juntos, ni un puzle ni una película. Solo entraba mi madre a molestarme a veces, pero con los días dejó de hacerlo. Antes, me he asomado y he visto que el sillón tiene impresa la silueta de mi padre, imagino que él no hace nada, como siempre, solo se sienta con su barriga y bebe cerveza, le escribí a Alba. Si tanto te molesta, ¿por qué no se lo propones tú? Sal del cuarto e intenta ayudar a tu madre con el pan o la pasta, o dile que te enseñe a cocinar, o siéntate junto a tu padre y ponte a leer, quizá acabáis haciendo algo juntos, me respondió.

Solo le mandaba ese tipo de mensajes a Alba cuando no podía soportarme más. Sus palabras siempre eran demasiado complacientes, en ellas no existía el enfado ni la agresividad. Era una persona que intentaba no sufrir, si algo la incordiaba, hallaba una solución y la atajaba de la forma más eficiente; esa era la base de sus consejos y de sus proyectos. La admiraba. En comparación con ella, yo me encerraba en mí, me relamía las heridas, me permitía el odio. Discurría por cualquier sendero que me ofreciera un atisbo de solución, a veces durante días.

En aquella época, los odiaba, principalmente a mi padre. Es muy sencillo exigir sin implicarse, sin preguntar; disponer y elegir con la distancia suficiente para que el cuerpo que siempre estuviera presente fuera el de mi madre. Era ella la que me compraba la ropa o me llevaba a los cumpleaños y a la peluquería, la que me esperaba a la salida del colegio cuando tenía actividades extraescolares. Mi madre dejó atrás sus aspiraciones, confiando en las decisiones de mi padre; y eso acabó por molestarme, por enfadarme. Se resignaba simplemente a ser, sin voluntad, sin interés. Lo cierto es que ambos, a su manera, apostaron su vida a mi futuro. Yo dejé de soñar con ser astronauta o futbolista: quería saber cosas, hacerlas, pintarlas, escribirlas. Esa profesión no existe y tampoco la verbalicé para que existiera. Optaron por lo práctico, es decir, por marcar el camino de forma rígida; su única exigencia: estudiar, estudiar y estudiar.

Y así me llegó un oficio, una alternativa, una dirección. Habían transcurrido los años del colegio e instituto y apenas tenía amigos, así que mi ilusión estaba al principio un poco distorsionada, porque no podía compartirla con nadie. Fuimos de excursión, antes del examen de acceso a la universidad, a un museo de arte contemporáneo. Los estudiantes deambulaban por los pasillos entre bromas y risas. Algunos coqueteaban o se hacían fotos frente a las obras. Yo me quedé cerca de la guía, que nos explicaba los cuadros y sus relaciones históricas. En mitad de una sala enorme había un sillón, un vigilante impedía que la gente se sentara. Su forma voluminosa de cuero negro, con patas de acero, contrastaba con las paredes blancas. Un foco lo iluminaba como si fuera el actor protagonista. Debajo tenía un cartel: diseño de Eileen Gray. Apareció el interés y luego, el deseo; investigué, comencé a dilucidar mi propio sueño: quería ser arquitecto. Derroché toda mi energía hasta conseguirlo. Yo también deseaba perseguir objetivos y no solo superar etapas obligatorias.

Hasta el trabajo: esa era la última preocupación, el lugar hasta el que tenían que hacer el esfuerzo. Llegado ese momento, que coincidió con las inundaciones, me dejaron a la deriva, oscilando en su meta, con la satisfacción de haberme procurado un futuro.[4] Hijo modélico. Hijo predilecto. Hijo único. Hijo perdido. Fue ahí cuando empecé a desorientarme, no había más recursos ni más camino. Superada la meta, rozando con mi pecho la banda del final, mis ojos realizaban movimientos imposibles, desbocados, porque ya no tenían dónde mirar; centrados en una meta, dejaron de ver alrededor. Hijo miope. El futuro se desvanecía como un monstruo marino, sumergiéndose y sumergiéndose bajo capas de oscuridad, dejándome en mitad de la catástrofe.

De madrugada leí un mensaje de Alba, austero y breve, pero suficiente, incluso necesario: ha salido esta oferta, échale un ojo, tiene buena pinta, es una compañía que se está consolidando en el sector de las rehabilitaciones. Se llama *Despacio.* Me cambió el humor al sentirme acogido. La oscuridad se aliviaba atravesada por un punto luminoso que salía de mi teléfono; creo que siempre he esperado una palabra suya, con eso me bastaba. La sensación me duró unos minutos hasta que se fue volviendo rugosa e incómoda y el desasosiego me encogió el pecho. Mi mirada se perdía en las paredes espesas y oscurecidas, mi respiración al menos atestiguaba mi presencia; sentí frío en las manos, que sujetaban aún el móvil, y cuando el frío accedió a todo mi cuerpo, antes de que me alcanzara el delirio, le escribí a Alba dándole las gracias.

Retomé las noticias con las que estaba embobado antes del mensaje, encogido bajo las sábanas. Mi atención

4 *Post-it*: ¿qué habría sido de mí en otra familia?

solo captaba movimientos y destellos. Varias trabajadoras del centro de rehabilitación de animales se habían quedado encerradas por las fuertes lluvias. Aguantaron lo que pudieron mientras esquivaban cables eléctricos, el vidrio de los terrarios y las mallas galvanizadas que protegían las áreas. Las recogieron con una lancha en la piscina donde se hacían los espectáculos de los delfines. La imagen que ofrecían los telediarios permitía apreciar las jaulas cerradas del recinto: flotaban cientos de cuerpos hinchados con el pelaje humedecido. Pusieron junto a los presentadores un listado de los animales que se habían escapado, al capturarlos o abatirlos, los tachaban. Osos, tigres, cocodrilos y anacondas campaban por las avenidas de la ciudad. Se filtró un vídeo en el que dos cocodrilos despedazaban a un orangután. En las ventanas de los edificios se perfilaban las cabezas de los inquilinos, que buscaban entre las calles algún animal. Se perdieron piernas y brazos, animales domésticos; cobró sentido un rumor que recorría los móviles: los cocodrilos nadaban a sus anchas en esa intangibilidad pantanosa. Los turacos acostumbrados a los monzones tiñeron a ráfagas el cielo ennegrecido, y mucho después su impresión persistía en la gente, que los consideraba un milagro. Las ocas exóticas que decoraban los caminos del recinto y los estanques, de plumajes coloreados y picos achatados, huyeron y se unieron a las ocas comunes de los parques de la ciudad. Formaron grandes grupos. Verlas discurrir por la corriente era un alivio frente a la violencia y desastre de los telediarios. Su capacidad de vuelo y de buceo las convirtió en los animales más aptos para la supervivencia. Las que no emigraron se fueron a vivir dentro de los túneles del metro, donde se reprodujeron exponencialmente. Meses después, aún drenando el agua de los túneles, resistían dentro y se movían por pasajes y pasadizos de imposible acceso.

Cerré el canal de noticias, releí el mensaje de Alba y entré en la página web de la empresa. Seguí los pasos que indicaban y a las pocas horas me llegó un formulario en el que había preguntas personales un poco extrañas y otras más complejas sobre arquitectura y arte en general; ninguna sobre arte contemporáneo, lo que me supuso un alivio porque nunca he entendido ni una de esas propuestas visuales bizarras que se agotan en sí mismas. Lo completé, intentando responder honestamente, obviando la presión. Superé el primer filtro. Una semana después, cuando se produjo un parón en las lluvias torrenciales, me citaron para continuar el proceso de selección: la entrevista presencial.

## *III: la primera entrevista; la primera clase*

Había farolas descansando sobre la acera, bolsas de basura acumulándose, árboles jorobados limando con sus ramas la carretera, vehículos incrustados en los laterales de los edificios, las zonas comunes llenas de agua estancada y barro. En uno de los edificios, un camión con grúa reparaba el ascensor construido en el exterior, detenido entre dos plantas. Algunos voluntarios de protección civil cargaban bolsas negras enormes en carritos, donde arrojaban perros, gatos y ratas ahogadas; a veces se ayudaban con un rastrillo si la tarea se complicaba. Al principio me dieron curiosidad, pero después me acostumbré a ver los cuerpos empapados caer, como si fuera el propio barro con tropezones; ¿qué harían luego?, ¿quemarlos?

Llegué a la parada del bus, en el espacio casi desierto, y de reojo intuí a mi madre vigilando en la ventana. Desde mi asiento,[5] mientras deambulaba por las avenidas, observé que la ciudad se limpiaba conforme nos acercábamos al centro. Los deshechos desaparecían, las aceras estaban despejadas

5 *Post-it*: ¿a mi lado quién había?

y los árboles, sujetos con cables de acero. Había estructuras de protección, como redes, colocadas en las fachadas de los edificios. Los jardineros se afanaban en recuperar la tersura de los jardines y de los setos. La gente paseaba con la tranquilidad cierta del presente, habían borrado de su imaginación lo ocurrido, no temían desprendimientos ni derrumbes ni hundimientos; se proyectaban e integraban en un futuro despejado, de cielos vacíos. Se deshacía la pausa de las lluvias, se aceleraban los movimientos, subían persianas, sacaban carteles a la calle, los trajeados cruzaban los semáforos con ansia. La gente caminaba integrándose en cualquier dirección, intuyendo las posibilidades dispuestas como un milagro. El paisaje me dejó claro que mi barrio iba a ser atendido el último por las autoridades.

El edificio, en el que me habían citado, se imponía como un gigante despierto. Desde lo alto de la suave colina deslumbraba por contraste, parecía un decorado teatral. A su alrededor todo estaba despejado. Fue ideado como un enorme entramado de hormigón, sin decoración y sin elegancia, construido encima de unos pilares exentos que permitían la libre circulación de las personas por el exterior del edificio. Los arquitectos que lo diseñaron pretendían crear una comunidad allí; el resto del espacio interior lo partieron en miles de apartamentos idénticos. Lo único que los diferenciaba era la altura. Con la posterior despoblación y la expulsión de sus últimos habitantes por los precios y la dejadez de la comunidad, con los corredores desangelados y el continuo deterioro de la estructura, el edificio se quedó desierto. Varias empresas decidieron intervenir y lo rescataron de la demolición. Se distribuyeron las plantas y construyeron sus propias oficinas periféricas, dejando a los trabajadores vivir en aquellos pisos. A media altura, tiraron abajo los pisos y unificaron el lugar para crear una zona comercial con tiendas, restaurantes, gimnasios y supermercados. Consiguieron mantener un proyecto con una estética alejada de los bloques repetidos con pisos minúsculos situados a las afueras. Volvió la vida al hormigón y en sus pasillos, como pequeñas hormigas, se integró una nueva comunidad que funcionaba de forma autónoma. Tenía la sensación de mirar un pequeño castillo que vigila desde las alturas la red de carreteras y el perfil oscuro de los edificios del centro de la ciudad. Un aire sombrío recorría y hundía los colores de la mañana.

Conforme me acercaba, vi, debajo de los colosales pilares, a varias personas de edad similar a la mía esperando, que también, supuse, habían superado la primera fase de la entrevista; llevaban maletines de cuero color marrón o mochilas e iban vestidas siguiendo el código de los trajeados. Parecíamos sacados de una fábrica de producción en cadena. Ese día el cielo cambiaba su textura conforme el viento desplazaba las nubes, tampoco hacía frío y la tierra de los árboles se intuía húmeda desde la distancia. En los alrededores del edificio había un parque en miniatura que no continuaba, la carretera que llevaba al parking lo circuncidaba. El drenaje de la zona funcionaba correctamente porque no quedaba agua estancada en los alrededores. Un jardinero había podado recientemente los setos, los árboles y el césped, así lo anunciaba la dirección del corte. El contraste con la dejadez de mi barrio me invitaba a tumbarme a descansar o dibujar, a acariciar con mis manos la hierba. El proceso de selección desaparecía entre otras preferencias, se volvía una opción imperfecta. Hoy estoy seguro de que ese paraíso, que confrontaba con el encierro de semanas previas, había sido ideado por los entrevistadores: si hubiéramos rozado el césped, nos habrían descalificado sin pensárselo.

En ese momento, cortando de raíz mi ensimismamiento, salieron por la puerta del edificio varias personas uniformadas. Se nos unieron como lapas, estábamos uno a uno. Con un movimiento coreografiado impidieron que nos relacionáramos. Gracias a esa maniobra acelerada de aislamiento, comprendí que se trataba de una entrevista de múltiples candidatos. Intenté apreciar al resto de seleccionados, buscando manías, miedos o incertidumbres, quería perfilar sus voluntades. Ese suceso fue el primer hecho desconcertante, ahora que me doy cuenta, ¿por qué querían que no habláramos? Nos subieron hasta unas salas blancas, asépticas y despersonalizadas, sin ningún tipo de referencia y alquiladas al uso, por distintos ascensores. Éramos quince chicos.

En la entrevista realizamos varias actividades, siempre dirigidos por un moderador. La cajita obtusa: llena de papeles con diferentes retos que se extraían, se leían en voz alta y se entregaban a otro compañero para que los hiciera; si cumplía, le sumaban puntos, si no, le restaban. Después, repartieron pantallas y cascos para evitar que se mezclara el sonido en la habitación; proyectaron un vídeo de un desahucio: varios agentes de policía destrozaban la puerta de una casa y luego asían con fuerza a una mujer que ofrecía resistencia, arrastrándola hasta dejarla tirada en la acera. Lo primero que reconocí fue su tono, aunque no había articulado ni una palabra, solo por la cadencia de los gritos abalanzados contra la puerta. Apenas tuve tiempo de ubicar el sonido, porque la velocidad con la que se imponían los acontecimientos sirvió para unir los hechos: la mujer se había vertido por encima un líquido inflamable, los policías que la sujetaban olieron el componente y se quitaron rápidamente el uniforme; chispa y un destello, bajo un alarido impotente, una llamarada de fuego fúnebre la arropó hasta su muerte. La cámara que grababa lo sucedido ampliaba el *zoom* recorriendo el cuerpo hasta llegar al rostro: mi madre miraba fijamente el objetivo. Los que reaccionaron vomitando o apartando el ordenador no superaron el reto. Los vídeos habían sido generados de manera artificial después de haber realizado un estudio exhaustivo de la vida de cada uno de los elegidos. Es importante ser capaz de poder continuar a pesar del dolor, dijo el moderador de la dinámica. Cuando se terminaron los retos, el compañero que tenía una mayor puntuación recibió una caja de bombones. Contenía seis y cada uno tenía un valor de un punto. Se quedó él un bombón y los otros cinco los repartió. Yo conseguí uno, aunque sigo sin entender bien la razón. Ese chico no fue seleccionado, los que recibimos los bombones sí.

Antes de volver a casa, creo que por la tensión acumulada, fui a desayunar a la cafetería del edificio. Varios chicos tuvieron la misma idea. Seguimos sin relacionarnos, los ánimos estaban bajo mínimos. Nos mirábamos analizando el entorno, compuesto por sillas, mesas metálicas y una señora que servía los pedidos mientras cocinaba. Parecíamos animalillos asustados, alertados por un ruido desconocido. Nunca sabremos si la entrevista continuaba en aquel ambiente, porque los moderadores también tomaban café. Sentí nuestras voces cohartadas, las palabras desmenuzadas, sin que fuéramos capaces de alcanzar la normalidad. Nuestro lenguaje había sido abatido por la violencia del vídeo; solo nos dirigíamos a la cocinera. Esa circunstancia sugería una norma interna del futuro grupo de trabajo: nuestras palabras tenían permiso para existir en un único contexto, el de la productividad; no podíamos creer en nada más.

Abandoné la cafetería y el edificio, atravesé el parque sin dejarme llevar por la tentación de tumbarme. Tras un breve paseo alcancé la parada del autobús. Por aquel entonces las líneas de metro estaban casi todas cerradas; el agua se había filtrado hasta las vías y las había inutilizado, ni siquiera el alcantarillado estaba preparado para afrontar algo así. La mayoría de la gente se movía por la ciudad gracias a una red de autobuses casi abandonada. También era común ver remolcadores y grúas que, cuando los vaivenes climáticos lo permitían, aprovechaban para llevar hasta los desguaces los vehículos que las riadas habían inutilizado. En los parkings los coches se acumulaban formando torres verticales que unían suelo y techo; cuando descendía el nivel del agua se asomaban las lunas traseras que, como una pecera, exhibían cadáveres hinchados, anclados a los asientos, o, en el mejor de los casos, un vacío aterrador.

Ya he salido de la entrevista, no he entendido bien lo que ha sucedido, ya te contaré. Creo que ahora mismo no soy capaz de hablar, le escribí a Alba. El sonido del viento que se colaba por las ventanas rectangulares mal selladas del autobús simulaba el de un sonajero. Me produjo somnolencia y dentro del trance volví a la universidad: entré a mi primera clase, impresionado por las descomunales puertas que recogían la verticalidad de la sala. Vi las filas ascendentes con pupitres y bancos corridos de madera, que miraban hacia dos pantallas enormes conectadas a un ordenador. Ya había alumnos distribuidos en distintos puntos de la sala, con sus portátiles, sus termos de café y algunas libretas y bolígrafos dispuestos sobre la mesa. A mí me parecía una temeridad alejarse tanto de la voz del profesor; si por una tos, un estornudo o el cuchicheo derivado del aburrimiento me perdiera algo importante –por ejemplo, una explicación perfecta que me acerque a un concepto–, nunca podría recuperarlo, porque, aunque el profesor lo repita, las cosas nunca significan lo mismo la segunda vez. Mi timidez se acrecentó ante una visión repleta de gente desconocida, así que decidí no acercarme a ninguno de los pequeños grupos que se habían formado, en los que los alumnos conversaban y se presentaban alegremente. Un alumno, que estaba escuchando música, empuñaba un pequeño escalímetro de metal y lo blandía dirigiendo a una orquesta fantasmal. Me coloqué en la primera fila, cerca de los libros y el estuche de una persona misteriosa por su ausencia. Los grandes ventanales del lateral impedían que se colaran las hojas de los chopos y organizaban la luz de la mañana. Me empecé a poner nervioso, se acercaba la hora de empezar la clase y quien estuviera a mi lado seguía sin aparecer. Desde los pasillos reverberaban los ruidos de las carreras de los alumnos que llegaban a clase, pero alzándose sobre ese murmullo había un sonido de tacones tan poderoso que se desprendían las astillas de las puertas. Apareció entre dos zapatazos seguros una profesora minúscula, tamaño cuartilla; cerró la puerta con un movimiento lateral y en su rostro aburrido apareció una vaga sonrisa que invitaba al silencio; por el hueco que había entre su cuerpo y la puerta se coló una alumna. Antes de que la profesora llegara a su mesa, ella ya se había sentado a mi lado sin mirarme. Apoyó sobre el banco el libro de Materiales de Construcción con el primer capítulo entero subrayado. Su rostro, que yo no podía dejar de mirar, era transparente de tan blanco. Mis huesos crujieron al comprender la sorpresa de una guerra enterrada: una rival cuya sombra crecía como la de un jinete que prepara una embestida. Ese instante fue suficiente para que yo cayera en la construcción fantástica de un ansia que me motivaría toda la carrera.

Se giró hacia mí para decirme amablemente, con un punto extraño y cautivador, "Me llamo Alba". Me presenté ruborizado y tartamudeando e inmediatamente volví mi vista hacia mi ordenador, donde estaba creando la carpeta de la asignatura para guardar los apuntes. Ella prolongó su amabilidad poniendo su libro abierto entre los dos. Para que lo hojees si te hace falta, dijo. Supongo que moví la cabeza asintiendo y esbocé una sonrisa imperceptible. Ella seguía mirándome, y mantuvo una sonrisa a la que valdría la pena apostarle una vida entera, capaz incluso de cambiar la realidad o el tiempo. En ese momento estaba enrabiado por dentro, porque era incapaz de asumir que hubiera una persona mejor que yo, que estuviera por delante, aunque fuera subrayando un libro. Yo no necesitaba su ayuda. De haber podido, le habría arrancado las hojas subrayadas al libro.

Alba no tenía portátil ni tablet, tomaba las notas a mano en una libreta negra de tapa dura que la acompañaría siempre. Al lado, en una libreta roja de tapa blanda, hacía dibujos: vistas de edificios, animales, fuentes, incluso perspectivas de las manos. Dibujaba a nuestros compañeros, fosilizaba la intimidad de una forma que se desvanecía, irrepetible. Captaba las manías de alguien que escribía, que tamborileaba con los dedos sobre la mesa, que subrayaba o movía el ratón. Con el tiempo, y nuestra relación, entendí que la diferencia entre la dureza de las tapas de las libretas radicaba en que, para ella, la arquitectura era una forma flexible y la escritura, una forma rígida.

Al terminar la clase, sin pensar en si hacía el ridículo o mis gestos podían malinterpretarse, me acerqué hasta ella arrastrando mi culo por el banco corrido y le pregunté por qué dibujaba en vez de atender. Me había tragado mi orgullo y mi rabia en una hora. Lo hago para concentrarme, mi mano divaga con su voluntad nerviosa y mi mente se concentra en la profesora, si tengo que apuntar algo paro de dibujar, dijo. Sacó el cuaderno de la mochila y lo hojeó incrédula, como si lo dibujado le fuera ajeno. Le pregunté por las manos que aparecían sin interrumpirse por toda la hoja, superpuestas unas a otras, formando un movimiento continuo de varios cuerpos. Has prestado mucha atención a mis dibujos y ninguno a la clase; los hago de manera instintiva para no forzar mi imaginación ni desviar mi atención, por eso acudo a lo que veo directamente: siempre hay alguna mano a la vista. Pintar caras o cuerpos de desconocidos es una práctica muy agresiva pero nadie te dice nada de las manos. Son bonitas, las venas les dan un relieve que las hace vivas. Si las colocas en determinada posición frente a una luz puedes formar figuras: un conejo, un pájaro, dos personas besándose. Además, si giras las manos de tal manera que tu índice se une al pulgar de la otra mano y haces lo mismo con la otra, formas un rectángulo que permite enmarcar el espacio, y que seguro has usado cuando eras niño como cámara de fotos. Si lo piensas, ese rectángulo-mano-objetivo es un paisaje que podemos crear, porque recorta lo que hay detrás, dejando visible solo lo que nos interesa; así se puede reconstruir una ciudad sin imágenes, donde fracasa lo bello, llenándola de paisajes concretos que la dotan de sentido, respondió. No supe bien qué decir, así que me despedí y fui a la biblioteca para coger el manual de la siguiente asignatura. Desde ese día se convirtió en mi rival y mi referente, dejando atrás su figura de simple compañera de clase.

Volví en mí cuando la voz mecánica y pregrabada del autobús anunció mi parada. Un trueno vibró entre las calles. Apuré el paso. A esa hora, los servicios de mantenimiento habían desaparecido. Decidí subir por el ascensor, animado por mi sensación de alegría, y un corte de luz me dejó encerrado. Aproveché la soledad para revisar la lista de animales capturados que actualizaban en las noticias, deseando que en la estructura interna del ascensor no hubiera una anaconda escondida. Las luces titilaban y sentía frío en las manos por los nervios. Me mareé un poco. Un pequeño rebote abrupto inició de nuevo la marcha hasta mi casa.

## *IV: los años universitarios*

Aún aterrorizado, temblándome las manos, vuelvo a vaciarme. ¿Dónde quedan las preguntas? Se insertan, mejor dicho, se injertan en lo que soy. Me van drenando, me aventura a ser un hueco donde no cabe nada. Me entrelazo al suelo arenoso con mis pies, incito a mi cuerpo a moverse, vacilo, refunfuño, digo cosas intraducibles, pierdo lo que necesito explicar, lo que quiero comprender.

Regreso a la universidad:[6] yo pretendía sacar las mejores notas de la promoción, pero Alba siempre iba por delante. Así que, acostumbrado a ser el mejor estudiante en el instituto, mi ansia competitiva inventó una rivalidad con ella que, por su parte, nunca existió.

Recuerdo que nos habían dado las notas de los exámenes parciales y las de Alba eran incontestables. A los pocos días me acerqué a ella, con una maniobra trazada, que consistía en hacerle pequeñas preguntas entre explicaciones, soltar alguna broma absurda e invitarla a tomar café en el descanso; si me envalentonaba, le piropeaba, sutilmente, sus dibujos

6 *Post-it*: ¿tiene sentido todo esto?

o apuntes. Con la confianza un poco asentada, le propuse, mordiendo mi rabia, ir a estudiar juntos después de clase. Aceptó. De esa forma empezamos una rutina: quedábamos en la cafetería de la universidad, para comer algo, un bocadillo o un *tupper*, y luego nos dirigíamos a la biblioteca con los termos de café preparados.

En nuestro primer día almorzando juntos, Alba me dijo: voy a tardar mucho en comerme todo este *tupper*, si es que me lo acabo, así que dime, ¿cuándo empezó a interesarte la arquitectura? De manera consciente, ¿hubo algo que te hiciera clic? A ver, creo que puedo ubicar ese momento, todo cambió de pronto para mí. La historia es un poco larga igual, le dije. No te preocupes, cuenta, cuenta, luego solo tenemos que hacer un par de cosas, dijo sonriendo.

Empecé: yo tenía diez años y acababa de terminar de hacer los deberes. Esa noche mi padre se retrasó o se quedó en el bar, no vino a cenar. Mi madre preparó la cena, filetes empanados con patatas fritas. En mi familia siempre era obligatorio tomar fruta de postre, nunca había ni leche ni galletas ni magdalenas. Nada de eso. Mi madre seleccionó, antes de servir, una naranja del frutero y la dejó pernoctando a la espera de su final sobre un plato blanco. Al terminar la cena, se giró sobre la silla de la cocina, dándome la espalda, abrió el cajón de los cubiertos y usando la inercia al recuperar su postura habitual hizo un tajo perfecto en la naranja. El blanco servía como contraste, sobre él, volcadas boca arriba, quedaron las dos mitades con su color jugoso brillando. Durante unos segundos me quedé extasiado con esa simetría. Volví en mí, cuando hizo un nuevo corte, con otro cuchillo que cogió con la otra mano sin que yo lo hubiera apreciado.

La mitad perfecta iba disminuyendo ante mí. Un corte tras otro, tras otro, hasta que el plato estuvo lleno de rodajas. Espolvoreó azúcar por encima y sin ni siquiera ofrecerme, como un animal famélico, tomó una rodaja que mordió y masticó feliz. ¡Qué ácida!, dijo. La miré extasiado. Es el único momento del día en el que me doy un capricho. ¡Atiende cuando cenas que te has vuelto a manchar!, me regañó. Miré hacia abajo y tenía varias patatas sobre mi barriga. Mi pijama estaba entero lleno de aceite. ¡Cuando acabes de cenar lo echas a lavar y te pones otro pijama limpio!, gritó. Mi madre hizo el mejor corte que se le podía hacer a una naranja y yo empecé a mirar.

Creo que ese fue el instante que activó un resorte interno, que encendió los plomos, dije. Miré hacia Alba, aún no había empezado ni a masticar, jugaba con el tenedor dando golpecitos en el borde del recipiente. Era posible que la comida no le entusiasmara. Para no agobiarla, porque quería preguntarle lo mismo a ella, continué.

En aquella época me obsesioné con la construcción de edificios, usaba los LEGO. Mis padres estaban firmemente en contra de lo tecnológico, defendían que los niños necesitábamos tocar, sentir las piezas, los materiales, verlos desde otras perspectivas y poder explorar con nuestra propia imaginación el espacio vacío. No me compraron un ordenador ni una consola hasta mucho tiempo después. Eso me jodía porque en el colegio descubrí programas y juegos de construcción de ciudades, que permitían modificar los materiales, simular las inclemencias del tiempo contra las estructuras, aprender la perspectiva, estimaban la felicidad de los habitantes… Pero no disponía de esos programas, así que con los LEGO montaba casas con diferentes ventanas y tejados, a veces de dos plantas, a veces de una sola, con miles de colores. A medida que pasaba el tiempo profundicé en las construcciones, hice edificios como el Coliseo, termas, naves espaciales, coches, algún parque de atracciones, vehículos. Llegué a hacer una mano con un mecanismo para agarrar piezas; la utilizaba para ayudarme, me agilizaba el proceso constructivo y me permitía hacer figuras y formas que me habrían supuesto pedirle ayuda a otra persona. Pero, aunque había empezado a desarrollar mi imaginación arquitectónica, fue ese corte perfecto y limpio, que no derramó ningún líquido ni se trabó, ejecutado por una ama de casa convertida en samurái, armada con un cuchillo de cocina en vez de una *katana*, el que me permitió ver desde otra perspectiva: el interior, las fibras blancas de la fruta colgando y la pulpa revelando su acidez. Lo extrapolé a mis construcciones sin darme cuenta: empecé a abrir las casas por la mitad porque era el único corte que imaginaba y sabía. Luego analizaba la estructura desde dentro: sin elementos exteriores; distribuía el mobiliario –que normalmente eran piezas de colores rectangulares, el sofá solía ser la pieza roja o la verde, la televisión, la gris o la negra, la mesa de comer, la marrón y así– y ejercía fuerzas con mis dedos hacia afuera: la ventana está bien colocada, la chimenea no ha salido por los aires, las placas solares sobre el tejado se sostienen. Ese año en la asignatura de dibujo y artes plásticas nos enseñaron que ese era un corte total y con las semanas nos explicaron el resto de tipos de corte. Eso me permitió empezar a hacer pequeñas acotaciones necesarias en la estructura de mis edificios de juguete. Corte tras corte, la mirada prevalece. Lo simétrico, el ligero balanceo de las dos mitades de la naranja, mantiene aún su nitidez en mi memoria porque es fácilmente acumulable, solo necesitas una parte para ver el total, con un simple vistazo te basta. Eso lo hacía desde la incertidumbre de la infancia, donde los juegos se desvelaban como un infinito de posibilidades; una pieza de un color diferente o una forma triangular desordenaban el conocimiento que yo tenía, me aventuraban hacia una nueva pista. La infancia es puro conocimiento, aunque de recorrido corto, la novedad interrumpe de manera constante para ampliar y ampliar la perspectiva. Las construcciones, los cortes y los dibujos me arrojaban en una dirección a la que apenas presté atención hasta que visité un museo años después.

Uy, tu historia es más interesante que la mía, me dijo Alba, después de tragarse el primer y último trozo de comida. Sé que querías preguntarme, te lo he notado, pero si te contestaba solo existiría yo, porque me he dado cuenta de que te apartas, me dejas ser yo cuando hablo. ¿Cómo te conozco entonces? Yo estaba enganchada de pequeña a los programas de reformas. Me fascinaba ver cómo tiraban abajo un salón o la parte alta de una casa y la rehacían entera. Mi padre siempre ha sido un manitas, así que me iba con él al taller de trabajo y hacía pequeñas construcciones de cartón o madera. Limaba, limpiaba, lijaba, instalaba corriente eléctrica, usabas pilas y hacía pruebas con agua, con cera, con pegamento caliente. Me encantaba usar las herramientas, hacer dibujos a lápiz sobre las maderas y luego ensamblarlas. Ese fue mi inicio. Casi que podría decir que siempre he tenido claro lo que quería hacer. Y tienes razón en una cosa, la simetría lo inunda todo, por ejemplo el edificio de la universidad o tu móvil. Y creo que, sin ser nosotros conscientes, la buscamos al pasear por la calle, como un instinto. ¿Y dónde se detienen nuestros ojos? En lo asimétrico, porque nos ofrece un contraste al que no estamos acostumbrados: un cartel de una tienda cuyo rótulo no está perfectamente alineado, una falda con patrones o colores diferentes, una tienda durante las rebajas, etc. No sé dónde pero leí que lo simétrico ha sido equiparado, al menos culturalmente, a lo perfecto. Pero lo simétrico es también completamente antinatural, es exclusivamente humanista. Parece que lo simétrico se asoma a lo divino, a lo superior, a lo que está sobre nosotros. Dirigieron la admiración hasta ese orden, alinearon los edificios con las creencias divinas, los conectaron con lo místico. Estoy segura de que, en algún momento, alguien se ha indigestado con tanta obligación en la mirada. Pero creo que ya hay que dejar esas obligaciones atrás, hay que dejar de mirar al cielo, a lo simétrico, a lo más alto, para empezar a mirar al otro. Es decir, atender a las necesidades de los demás. Cambiar el lugar donde se detiene la mirada no es lo mismo que cambiar la mirada, porque se mantiene aún lo simétrico: cuerpos repetidos que buscan pisos repetidos con las mismas puertas y ventanas, en edificios repetidos para llevar vidas repetidas y trabajos repetitivos. Sin querer te he dicho dónde empecé y dónde quiero llegar, me dijo Alba riéndose. Envidiaba a esa chica que tenía las cosas tan claras, yo solo había pensado en estudiar, no tenía futuro, no imaginaba mi propia arquitectura.

Con el paso de las semanas, todavía no había sido capaz de descubrir lo que la hacía especial, no sabía qué era lo que a mí me faltaba. Hastiado, le propuse que fuera mi compañera en un trabajo. No quería seguir fingiendo por compromiso. La arquitectura es una disciplina en la que siempre hay varias personas implicadas, ya sea en el proceso de construcción o de imaginación, le dije, ¿hacemos el proyecto juntos? Enfrentamos muchas dificultades para adaptar nuestra forma de entender la arquitectura. Nos costó llegar hasta una idea que fuera decente. Las colisiones y las confrontaciones derivaban, a veces, en conversaciones larguísimas que seguían hasta mucho después de la hora de cenar. Hablar con ella era un reto, me volvía humilde. Su capacidad de aprender, estudiar y trabajar..., asumí internamente que nunca más iba a ser el primero de la promoción. Me desplazó del lugar que había ocupado desde pequeño y sentí vértigo, no tenía nada a lo que agarrarme. Era una persona fascinante, atenta y siempre dispuesta, de conversación fácil pero que oscilaba o tendía hacia temas extraños. Esos destellos de inteligencia y de bondad confrontaban con mi forma de ser. Creo que jamás en esos años pretendió imponerme nada, su simple forma de estar en el mundo retaba los límites de todos los demás involuntariamente.

Una noche estábamos en el pequeño parque que había a la espalda de la biblioteca, sentados en un banco de madera. Nos cubría una pérgola, que solía estar llena de hojas en verano. El invierno permitía que la luz de la luna trazara un patrón geométrico sobre nuestras caras y el suelo. Si el tiempo era bueno, solíamos leer, descansar o hablar de los exámenes en aquel lugar. Sentí curiosidad al ver su mochila abierta, así que le pedí que me dejara ver su cuaderno rojo de dibujos, donde tenía los bocetos, los borradores de las manos; quería deslizar mis dedos por sus páginas para que la tinta penetrara por mi piel y me permitiera contactar con esa imaginación que me absorbía. Me dejó el cuaderno rojo, que estaba estrenando ese mes. Unas pequeñas montañas cubiertas con una niebla asfixiante; mis ojos mirando fijamente a la pizarra; el banco corrido en el que nos sentábamos en clase repleto de sudaderas y mochilas; un perro diminuto orinando en la acera. Me giré hacia ella y le dije: no estás atendiendo mucho en clase –le devolvía meses después su primera pullita–. Ella en vez de sonrojarse, como hice yo, me quitó la libreta y la cambió por otra idéntica que sacó de la mochila. ¿Cuántas libretas llevas?, le pregunté, intentando forzar su incomodidad. Siguió sin responder. De sus gestos austeros y silenciosos no se desprendía ningún sentimiento. El pelo interrumpía su cara y apenas intuía por la luz grisácea de las farolas su cuerpo. Era raro que estuviéramos allí tan tarde. Sobre sus rodillas reposaba la otra libreta roja, ya terminada. La abrió por la última página dibujada –solía dejar dos o tres sin dibujar que le servían de almohadillado–, y me la dio abierta: mis ojos la miraban fijamente, tenía mi mano izquierda apoyada sobre un papel, la derecha sostenía un bolígrafo, mi mentón pegado al pecho y la punta de mi lengua retorciéndose entre mis dientes; su dibujo mostraba esa peculiar manía que me asolaba a la hora de estudiar. Me perdí en ese boceto, como si se tratara de una exploración. Ahondaba y ahondaba en mí mismo. ¿Dónde se reconoce uno? Era la primera vez que me sentía observado por alguien diferente a un familiar. Tampoco atiendes estudiando, eh, es muy bonito, pero ¿cuándo te he dado yo permiso para que me pintes?, dije. Aunque te he dibujado a ti, era la única manera que he encontrado de poder observar mis manos en los ojos de otra persona; cuando te concentras estudiando y miras hacia donde estoy, me reflejo en tus gafas, fíjate bien, respondió. No lo hice, sabía que tenía razón. Con los segundos el silencio se me hizo insoportable. Me ruboricé porque nunca tenía respuestas suficientes para desarmarla. Venga, te acompaño a la parada del autobús, dije incorporándome del banco y echándome la mochila al hombro, dando por finalizada esa conversación.

Hasta llegar a la parada, paseamos por una zona en la que hacían obras, aledaña al parque. Apreciamos la construcción de un parque de juegos para niños y la ampliación del carril bici. También estaban talando los árboles para sustituirlos por álamos amarillos, que, según me dijo Alba, soportaban mejor los cambios drásticos de temperatura. Los huecos vacíos y los árboles pendientes nos ofrecían una imagen desoladora. Parecía un intento desesperado para conseguir sobrevivir un día más. Como quería destacar delante de ella, le dije ¿no te parece que tendría que haber una asignatura para pensar la arquitectura en clave climática? O sea, ya hemos tenido profesores que han adaptado su asignatura o han ampliado el temario, sin embargo creo que eso no es suficiente. Sí, puede ser que tengas razón, dijo Alba deteniéndose para mirarme, también te digo que, aunque nos falten conocimientos técnicos o sobre determinados tipos de materiales o estructuras, saldremos de la carrera con una formación teórica y práctica desde la que podremos partir. Al final va a depender de cómo quiera cada uno aproximarse al mundo. Creo que si no podemos revertir el calentamiento global, vamos a tener que hacer algo por obligación, volver las ciudades habitables o reformar los edificios para conseguirlo, y si no queda más remedio, porque el calor o el frío o las inundaciones son incontrolables, aquellos que puedan tendrán que emigrar y así... llegará un momento en el que nada de eso importe, no habrá dónde ir. Se agachó para acariciar a un gato naranja que nos salió al paso. Eso que dices va a ocasionar que se pierda una parte artística muy importante, ¿dónde quedaría la libertad para crear? Solo desde un pensamiento sin restricciones, que no esté sometido a la urgencia, se podrá avanzar artísticamente, se inventarán edificios que resuelvan y respondan a las urgencias climáticas. No hay que reformar sino construir, respondí seguro de mí. ¡Dios mío, no entiendes nada! Siempre se ha trabajado con restricciones, tanto económicas como de otro tipo, y han dado resultados artísticos o estéticos muy significativos, de hecho, no creo que haya algún proyecto con plena “libertad”. Las restricciones fuerzan a la mente a buscar soluciones, y eso es aplicable tanto a las reformas o rehabilitaciones, como a las nuevas construcciones. Cada tipo de idea tiene su forma, su adaptación y su ejecución. Con lo que se nos viene encima, lo último que me importa es el arte. Hay que pensar espacios que sean capaces de proteger nuestros cuerpos, dijo maravillada por la flexibilidad de la cola del gato que recorría con su dedo.

Pensé que era mejor guardar silencio, aún no tenía muy claras mis ideas. Lo que me decía parecía lógico, pero temía por el arte, por la imaginación.[7] Habría una pérdida abismal, ¿se ganaría algo a cambio?, ¿la salvación? Llevábamos varios meses estudiando juntos pero su historia personal me era

7 *Post-it*. la imaginación es lo bastante amplia.

ajena aún, ¿quizá sus abuelos habían tenido que emigrar? No me pareció educado preguntar ni seguir ahondando, siempre mantuve el respeto de su intimidad, no quería atosigarla. Ella sabía que yo estaba dispuesto a escuchar cualquier cosa que quisiera contarme. El sonido del viento helado de la noche volvió diferente ese momento cotidiano, en un arrebato fugaz y de ternura la abracé. Sus manos me abrazaron con fuerza y tocaron las mías por primera vez. No nos dijimos nada. En momentos así, el lenguaje no sirve. Dos minutos después se subió al autobús y ofrecí una sonrisa ilusionada que se mantuvo hasta que mis ojos no pudieron sostener la perspectiva de su figura.

Pasaron los meses y abolí la rivalidad. No tenía sentido, así que dejó de interesarme competir con ella o intentar distraerla. Opté por disfrutar de su inteligencia, que me parecía siempre un desvío hacia la claridad. Ese primer año de carrera nos sirvió para conocernos; las tardes de estudio se volvieron una parte de nuestra cotidianidad, nos fuimos comprendiendo poco a poco. Puedo decir que es la única amiga que he tenido en mi vida, los demás nunca dejaron de ser simples compañeros. A veces me proponía salir a tomar algo con su grupo de clase, pero nunca acepté. Esgrimía excusas embadurnadas en un halo de superioridad, intentando hacerme el interesante. "He quedado para ir al cine", "Tengo que modificar un proyecto en el que estoy trabajando". Lo que me ocurría es que no quería verla en un ambiente que no fuera el nuestro: jamás habría estado cómodo allí, porque su atención se desviaría, tardaría más en posarse en mí;[8] no

8 *Post-it*: ser lo único.

quería ver la cara de esos mandriles de la carrera haciéndose los sabiondos para impresionarla; no quería sonreír a bromas absurdas; no quería contar mi vida ni mis aspiraciones; no quería… Dejó de invitarme; se cansó, imagino. Pero ella me cuidaba a pesar de lo que decía la gente –"el saltacharcos" me llamaban, se lo escuché a un par en los baños–, se sentaba a mi lado aunque la gente le guardara el sitio, me prestaba sus libros subrayados y yo me asomaba a su intimidad, a sus recelos, a sus miedos y a sus sueños. Siempre había entre nosotros un objeto o una ciudad.[9]

Como lo que se puede aprender en una vida es inabarcable e inasumible y no tenía claras mis prioridades, en un proceso de adaptación, me sumergía en las obsesiones de Alba. Aquel primer curso fue el urbanismo. Leía ensayos, tratados antiguos, pactos políticos, ordenanzas, cambios de normativas gubernamentales, etc. La calidad era su esencia. De vez en cuando, en mi respetuoso silencio, se armaba un monólogo que yo nunca interrumpía: quiero ver cómo se han pensado las ciudades, cómo se adaptaron a los cambios de la producción, cuándo se convirtieron en un negocio. Tiene que haber una reversión. Las ciudades que se expandían a través de los ensanches ya no pueden seguir creciendo. Desde hace diez años, ha disminuido la población, emigran los habitantes de las provincias más expuestas al sol, el agua se ha encarecido, la producción de alimentos ha caído en picado y las alteraciones entre los diluvios y las sequías es lo común. ¿Qué pasa entonces con los espacios que se van quedando vacíos? ¿Por qué intentamos hacer una vida en

9 *Post-it.* un bloqueo.

esta ciudad? ¿Quién puede soportar esta situación extrema? Ya no se construye, piénsalo, lo que se hace es rehabilitar y readaptar edificios o espacios. ¿No te interesa intuir qué es lo que viene? El impacto climático vuelve a cambiar la forma de producir, ¿cómo nos adaptamos a eso? ¿Qué será de la vieja ciudad, del antiguo orden urbano?, dijo. Yo nunca sabía qué responder, mis capacidades estaban ligadas al estudio o a la memorización, mis preguntas y mis respuestas surgían de ahí: conceptos que no sabía, aplicaciones prácticas de materiales, fórmulas para el cálculo de la distribución de las cargas. ¿Cómo iba a entregarme al futuro?

El segundo y el tercer año fueron parecidos al primero. Nos abrimos a otras obsesiones con la misma sabiduría infantil. En cuarto de carrera se fue a estudiar a un país del norte, donde hacía bastante frío. Antes de irse, quedamos en una cafetería en la que estudiábamos. Me regaló un libro y su portaminas favorito. Yo no le había comprado nada, así que decidí invitarla al café y a la napolitana de chocolate. La abracé temeroso de no verla de nuevo. Los días que vinieron fueron horribles, estuve tumbado en mi cuarto sin moverme y soñé cada noche con un meteorito que desintegraba la ciudad. El libro que me regaló lo leí y releí obsesivamente al final del verano, buscaba palabras clave, sentidos ocultos, deseaba una marca suya para orientarme. Era una novela sobre un grupo de hippies que se convertían al budismo.[10] En la última página había pegado un dibujo de su sitio en el banco corrido: sus libretas esparcidas, sus bolígrafos, los libros, la mochila, mi mano sujetando un portaminas. Ella no apare-

10 *Post-it*: bodhisattva.

cía: el vacío. A pesar de la distancia, mantuvimos el contacto: nos enviábamos cartas larguísimas por correo electrónico; fue la forma que encontramos para acompañarnos. Alba seguía pensando, obsesionándose. Yo estaba desorientado ante la falta de estímulos. Solía enviarme reflexiones larguísimas, esbozos sobre distintos temas. Pero en la cadencia de su escritura se perdía su voz, se perdía su silencio. Esas palabras taquigrafiadas no me alcanzaban. Tenía la certeza de que para ella el futuro nunca sería imprevisible.

Llegué a clase y tenía un mensaje de Alba. Lo leí y, como no me apetecía atender, escribí.

> *18 de septiembre*
> Los correos me apresuran, me levantan..., pasa el tiempo, pasa, parece justo eso, que la vida prosigue (como antes). A pesar de, de, de la distancia. En los correos está la marca temblorosa de lo que no dice, con su estilo de uña sucia, de diente picado. ¿Quiere que me rompa? Apunta bien a mis ojos, en los flancos los niños que se creen adultos, ¿y yo?, preocupado, incoherente, melancólico. ¿A dónde miro? Prescindo de..., no, no, me miento. Soy adicto a esta alegría brevísima, a las pocas palabras que me dedica. Mis palabras se secan, no quiero esperar más. Prematuramente cualquier plegaria que lanzo me sacude. El uno no está sin el otro, lo que me obliga a escribir fragmentos: una cobardía manifiesta. Entonces hablo elásticamente entre advertencias a las puertas. Tengo que... tengo que... delinearte. A golpes tu boceto con la creencia de que no hay demolición.

Ese verano no nos habíamos visto, hizo un montón de viajes. Según me decía se le olvidó contarme que iba a estudiar en otra universidad en la costa del país. "Tienen un enfoque eminentemente práctico y una asignatura que se llama supervisión de obras". Estas interrupciones me molestaban, la volvían más imprescindible en mi vida, porque la seguía pensando como mi mejor amiga. Hacía ya un año que nadie se sentaba a mi lado en clase, nadie me hablaba. Podría decir que mi realidad transcurría sin más. Me preguntaba si sería la misma, si mantendría sus manías, si seguiría dibujando manos y haciendo bocetos. Lo cierto es que le podría haber preguntado, pero no quería obstinarme como un niño. Me propuso que nos siguiéramos viendo por videollamada; estudiábamos con la cámara del ordenador puesta, aunque no era lo mismo. También me dijo que fuera a verla. Ante eso ni me excusé ni dije nada, no tenía dinero. Ella podría habérmelo dejado, estoy seguro de que si se lo hubiera pedido…

A partir de ese día, me desplacé, me desligué, esgrimí excusas sobre un trabajo que no podía perder, poco a poco, hasta que nos desconectamos. Dejamos de escribirnos, apenas un recordatorio de cómo nos iba de vez en cuando, me contaba cualquier cosa y yo le respondía al mes. Dejé que los días enterraran el intenso deseo que yo tenía de su presencia. Dejé que los días me enterraran.

Nos volvimos a encontrar en la ceremonia de graduación. Iba protegido por mis padres, que se desviaron por la escalinata hacia sus asientos, sumido en el más absoluto tedio, avergonzado de tener que soportar esa parafernalia absurda. Al entrar en el salón de actos Alba me abrazó por detrás, mientras buscaba dónde tenía que sentarme. El fastidio quedó a un lado. Llevaba el pelo recogido y un vestido muy elegante, de corte asimétrico, con colores brillantes, que le cubría hasta la rodilla. Su cara era la misma que hacía dos años. El maquillaje le resaltaba los ojos. Al girar, me quedé en silencio, paralizado, mientras mis mecanismos internos se activaban para que yo dijera algo. Decidí abrazarla para que el gesto supliera a las palabras, luego le di un beso intentando no despeinarla. No te esperaba aquí, dije. Ni siquiera me preguntaste si venía, cabezón, respondió. Los compañeros que tenían relación con ella se acercaron a saludarla y opté por alejarme de esa jauría. Recibió el premio al mejor expediente de la promoción, le dieron un pequeño diploma con el que posó sonriente. Yo la miré orgulloso de que hubiera seguido siendo la mejor estudiante en cualquier lugar. Antes de que dejáramos la sala, se acercó a mí. En el fondo este diploma es de los dos, porque sin tu presencia, tu obcecación y tu perseverancia no me habría esforzado tanto, afirmó. No digas tonterías, si yo lo único que quería era aprender a estudiar como tú lo hacías, le respondí contrarrestando mi rubor. Bueno, no importa, quería decirte que me voy a hacer el máster de habilitación a otro país, esta vez habrá un océano entre nosotros, dijo sonriendo con algo de vergüenza. Creo que es una buena oportunidad, me alegro por ti, seguro que aprenderás mucho más que aquí, donde ya conocemos a los profesores; te seguiré guardando un sitio por si apareces, dije. Mi imaginación se disparaba hacia tantos escenarios que debí quedarme como una estatua. Volvió a abrazarme y se despidió antes de irse a comer con su familia. ¡Nos vemos en los próximos días!, gritó cuando yo me alejaba y ella ya posaba para hacerse una foto con un hombre que la sostenía del brazo. No lo hicimos, no nos vimos, tampoco quedamos, me incliné por alejarme de esa presencia a la que echaba de menos. No quería volver a vincularme a un cuerpo ausente.

# *V: huyo*

¿Por qué habían hecho eso? El motivo de su actuación era lo que no alcanzaba a entender. Desde que salí huyendo, el personal de *Despacio* me busca. ¿Cuánto hace? Es inútil pensarlo. Me escondí en estos edificios gemelos gracias a la generosidad de un cliente. Como le había rehabilitado su local, sabía dónde encontrarlo. Sin preguntar demasiado, me dejó las llaves del piso. Acordamos un alquiler ridículo y le pagué varios meses de golpe. Me hice el interesante, asfixiando la urgencia y el terror que sentía, para no levantar sospechas: necesito encerrarme para un proyecto que tengo entre manos, no puedo distraerme con nada.

Me presenté extenuado, ansiando una cama, un refugio en el que pudiera sentirme seguro y protegido, en el que fuera difícil encontrarme. Era la primera vez que veía esas dos torres acristaladas que se conectaban a través de pasillos. Desde la calle los pasillos parecían puentes colgantes. El barrio era tranquilo, cerca tenía un supermercado, que era lo único que necesitaba. Rodeé las torres para conocer bien la forma y las posibles salidas. Unas escaleras vistas de color naranja situadas en la parte posterior servían como contraste y simulaban un dibujo geométrico de líneas perfectas. Las apunté en mi cabeza. Poco a poco la tensión se desplazaba dejando lugar a un sueño profundo que me adormecía. ¿Estaba tranquilo? Accedí adentro, no había portero. La primera mitad de cada bloque, hasta la planta quince, está compuesta por pequeños estudios, como el mío; la segunda mitad, desde la planta dieciséis a la treinta, son pisos de dos dormitorios y un baño, es decir que usan dos estudios para construir un único piso. Robé el plano de la planta en la que me alojaba, que estaba al lado de los ascensores, y me lo llevé a casa; nadie notaría su ausencia. Miré las marcas de las salidas y los lugares en los que estaban los extintores. La zona parecía desolada y encontré algo de consuelo en ese vacío. Memoricé la estructura laberíntica y las intersecciones de pasillos, escaleras de emergencia y la zona de basuras por si tenía que huir, aunque hasta el momento no me ha hecho falta.

Hojeo el plano que guardé el primer día. Antes de sentarme a escribir, tengo la sensación de que mi habitación se encoge por momentos, creo que el dormitorio de la casa de mis padres era más grande que este cuchitril. Así que he dejado de mirar las paredes, que siento como un bloqueo, para mirar hacia el infinito, lo que se expande: la ventana que da al parque. El espejo del cuarto, que sirve como salón, cocina y dormitorio, traza una línea directa con la ventana. Tengo miedo, estoy tensionado. Mi cuerpo recoge dolores y espasmos que no me pertenecen, que son causa directa de la huida. Mi cabello está cada vez más largo y los mechones me caen sobre la cara como serpientes pálidas. Intento no mirarme al espejo porque podría quedarme petrificado. Tampoco descanso, duermo solamente, pero las pesadillas figuran como un camino obligatorio. ¿Aún quedarán estrellas afuera sobre la tierra? La noche me aniquila. Economizo como puedo mi reserva de dinero, que guardo dentro de los filtros del extractor de la cocina. Hice una gran compra de latas de conserva, fideos instantáneos, frutos secos y arroz; para prepararlos solo necesitaba tener agua caliente y una olla. Fue una decisión extrema, me centré en alimentos que aportaran una gran cantidad de energía, que fueran saciantes y no perecederos. Aunque encerrarme en esta habitación ha sido una decisión propia y voluntaria, por lo que siempre tengo la posibilidad de salir, ir a comprar al supermercado. Pero no quiero hacerlo, el miedo me bloquea, está arraigando en mí. Sé que me buscan, los de *Despacio*.

Al echarme agua helada por la mañana para desperezarme, miro por el espejo hacia la calle y esa perspectiva me permite respirar tranquilo un segundo, porque siento que la arquitectura está aún presente en mi vida.[11] He decidido no asomarme a la ventana, solo miro hacia el horizonte delimitado por las copas de los árboles. Dejé de acercarme, de hacer mi cuerpo visible desde la calle, porque apareció un coche negro con los cristales de atrás tintados. Siempre viene los mismos días y se queda estacionado allí durante horas. El conductor está de pie junto a la puerta y nunca mira directamente ni se mueve, parece un soldado. Tampoco sé si está solo o acompañado, si hay más gente en el vehículo o si se han bajado antes de estacionar frente a mi ventana. Solo lo veo a él con sus gafas negras y las manos cruzadas atrás, siempre a él, una premonición, la representación de un mundo

11 *Post-it*: lo único presente.

aterrador. En los primeros días tuve la manía de observar a aquellas personas que cruzaban por la acera, con sus bolsas de la compra o con sus perros, también en la noche me asomaba para analizar los inquietantes giros que dan los que vuelven del bar, como si se hubieran desacompasado de la realidad.

El miedo me acelera las ideas y el lenguaje, la adrenalina me impulsa. Las ventanas, por su parte, mutilan lo que se ofrece, se han convertido en un orificio afilado y peligroso que atrapa las imágenes cuando pasan una tras otra. Vuelvo al pasado constantemente porque aún era inocente, porque aún eran las cosas más sencillas, porque puedo alejarme de este encierro. El miedo no puede marcar lo que ya ha sucedido, podrá reinterpretar o asfixiar un recuerdo, pero nunca cambiarlo. Allí donde fui feliz, lo seguiré siendo. Donde fracasé, seguiré fracasando. Hay una parte de mí que va quedando resuelta a través de este dispositivo que encadena sucesos y reimagina los huecos que hay entre ellos. Es un suceder la vida y un olvidar. Sobre el terreno inicial vacío de la memoria, se van erigiendo instantes que luego serán recuerdo.

Y recuerdo, recuerdo, recuerdo que marcarme un objetivo fue el motor de mi ilusión y de mi fin. ¿Qué quería? Intuyo los bordes irregulares de una imagen: jugaba y jugaba y con la fricción de los días el juego se convirtió en vocación y esa vocación en trabajo, el gran monstruo marino por descubrir, donde iba a volcar mi deseo, donde iba a encontrar la gloria. Ese era mi objetivo: convertirme en un arquitecto premiado y reconocido. Aunque cometí el error de entender la vida como un camino recto lleno de ocasiones. Y ahora me siento perdido, alejado del trabajo, de mi profesión, de Alba. El trabajo es el único mecanismo que tiene una persona para ser libre, tal y como está planteado el sistema. Cuando entré en *Despacio* sentí que, por primera vez, las decisiones me pertenecían. Sin embargo, ese deseo se ha evaporado; aplastado por estas paredes apenas distingo lo que alguna vez fui. Pero me miento, todavía llevo mi compromiso con el trabajo a cuestas. Advierto que los trazos que luego son letras imperfectas y encogidas. Cojo el papel, lo leo: estoy junto a mí y no hay ni una sola línea. Me desgarro. En la hondura no se despliega ni un posible edificio. Intento afirmarme aunque a veces siento que mi situación es irreal, anodina e inquietante, se me cruzan frases que no sugieren nada, que parten de este exilio, y me frustro. No encuentro tampoco un punto en el que me sosiegue, que me permita escribir de otra forma. ¿Esta urgencia que me impongo es una manera de rodear el espanto que viene en la narración? Porque yo lo sé todo, lo que pasará más adelante cuando continúe escribiendo.

Únicamente quiero dejar claro que llegué hasta donde estoy con esfuerzo. Que las personas que están intentando destrozar mi vida son todo lo contrario a lo que yo soy: gandules, gañanes, garrapatas de un sistema que a veces se confunde y beneficia a gente que no lo merece. Si algo tuve a mi favor era el origen que quería abandonar. La vocación puede ser una motivación fuerte, salir del lugar que detestas lo es aún más. Y aunque a veces, como ahora, es difícil sobrevivir y seguir alcanzando metas, conseguiré lo que ya hice: liberarme de mi destino para dedicarme a vivir la vida que realmente quiero. Si alguna vez dudo, volveré a estas páginas que contienen una respuesta a no sé muy bien qué.

## *VI: la firma del contrato*

Una semana después de la entrevista que hice en la oficina aséptica, me contactaron desde *Despacio*: había sido elegido, formaría parte de un nuevo equipo de trabajo, compuesto por cinco personas. El que hablaba, que había dejado atrás su nombre, esbozó las condiciones genéricas del puesto que iba a desempeñar. No le presté atención, estaba lleno de orgullo, exaltado, disperso. Mi mente se perdía, se alejaba de mi presencia, ya atesoraba una imagen mía cumpliendo mi objetivo, aunque apenas había dado un pequeño paso en esa dirección. ¿Te apetece independizarte?, me preguntó el hombre, rescatando mi atención, y antes de que yo pudiera responder continuó, esa es una de las mejores condiciones que ofrece *Despacio*, el principal motivo por el que me decanté por este trabajo. Dentro de un rato un compañero te enviará un correo para la firma del contrato. Colgó y yo asumí esa pregunta como una garantía. El vacío de su voz al otro lado del teléfono me ofrecía el fundamento que necesitaba: un principio y un fin, ordenado, metódico, sin interrupciones. Estuve dando pequeños saltos en mi cuarto, conteniéndome hasta que tuviera el contrato firmado. Siempre he creído en que la mala suerte se inclina hacia las cosas que todavía no se han resuelto. Intenté retenerme un poco más, controlarme, pero no fui capaz. Salí afuera y recorrí la casa buscando a mi madre sin ningún resultado, mi incursión en la felicidad se fue diluyendo y quedó convertida en unas pocas palabras que expresé cuando la llamé por teléfono. No recuerdo dónde me dijo que estaba, usó un tono bajo para hablar conmigo y se puso contenta por mí y también por ellos, sin embargo, entre nosotros había una distancia tan gigantesca que, en verdad, lo que me decía ni siquiera me importaba. Fue la inercia social, aprendida de tanto ver esa escena típica de las antiguas películas de sobremesa, en la que el hijo llama a su madre con una noticia importante, la que me obligó a avisarla la primera. Cuando regresó, interpretó a la perfección su papel de madre: emoción desbordada, palabras de orgullo, promesas de preparar mi comida favorita, lágrimas en los ojos. Su actitud reanimó milagrosamente esa felicidad que se había diluido con las horas. Desplegó sobre la mesa del salón el mantel especial y la vajilla de los grandes eventos –blanca con los bordes dorados, con cubiertos de plata que mantienen aún su brillo inicial, y esas copas estilizadas, impecables, altivas, donde solo se puede servir cava–. Esa noche cenamos una tabla de embutidos y queso cortados tan finamente que dejaban intuir lo que quedaba detrás, croquetas de cocido y tortillas de patatas con mayonesa casera. Mi padre me palmeó la espalda cuando llegó del trabajo y luego estuvo viendo las noticias. Hablamos y hablamos tumbados en el sofá, recorriendo, con los ojos entornados ligeramente, achispados, mi historia y mis etapas, con una necesidad difusa. Con esa complicidad, nos despedimos mi madre y yo, dejando atrás el silencio reconocible que encarnaba mi padre.

Al llegar a la habitación, donde había dejado el teléfono, ya en mitad de la noche me llegó una notificación. *Me complace informarle de que, para ser un futuro activo de Despacio, deberá acudir a las oficinas centrales el próximo lunes 12 de enero a las 09:00 para la firma del contrato.*

Tengo una buena noticia, le escribí a Alba eufórico,[12] y también una mala. Como no puedes elegir, porque la interrupción de este instante no es real y la espera de tu respuesta me pondría ansioso, empiezo por la mala: se terminó nuestro sueño de recorrer el país como lo hiciera Buck Fuller; no nos queda otra opción que hacer ese viaje por internet, nos guiaremos por las fotos y las páginas oficiales de las ciudades y edificios; si te parece, cuando te apetezca vamos a una cafetería y elegimos desde dónde empezar. Me entristece que se hayan dado así las cosas, porque ese sueño tuyo, en el que ponías tanto empeño, también se volvió mío. Y ahora... la buena noticia... ¡Me han contratado en *Despacio*! No me lo creo aún. Me llamaron por la tarde y me explicaron las condiciones, y hace unos minutos me han citado para la firma del contrato. Te daría más detalles del puesto pero estaba obnubilado, y sabes bien que iba a aceptar independientemente de las condiciones... El lunes voy a la oficina, te cuento entonces.

Desde que me desperté, las cosas me fueron saliendo regular o muy mal, dependiendo. Una persona con menos paciencia se habría dejado arrastrar por esa corriente de des-

12 *Post-it*: nivel, dimensión, altura, distancia; ¿por qué no la llamé?

dichas y habría tenido un humor de perros. Como no suelo creer en los designios ni en las advertencias del destino, lo atribuí todo a la casualidad o al azar. Si hay, erigiéndose al fondo, un significado o advertencia, no iba a poder conmigo, no iba a derruir mi sueño.

La alarma, que puse cuatro horas antes de la entrevista para poder prepararme con tranquilidad, hacer mis estiramientos, planchar la ropa, desayunar, afeitarme y ducharme, no sonó. Hubo un apagón generalizado durante la noche y se jodió el despertador. Así que esa mañana no me levanté con luz progresiva. Era todo oscuridad. Cauto, puse la alarma en el móvil pero tampoco sonó porque no deslicé el botón de encendido. Por suerte, como había advertido a mi madre, por si acaso, una hora después de lo que yo había previsto entró a despertarme. Sonriendo, orgullosa, levantó la persiana con dulzura y me susurró con tranquilidad "Despierta, despierta, se ha hecho un poco tarde". Ella nunca entendió mi urgencia, porque yo operaba fuera de su acción cotidiana.

Velocidad. Opté por obviar los estiramientos y deseé no haberme agarrotado en la noche para desenvolverme con mi agilidad propia. Fui directo al armario, saqué el traje azul marino de mi graduación y la camisa blanca. Cuando llegué a la cocina, la plancha ya estaba caliente. Movimientos deslizantes vaporosos perfectos. Mi madre me vigilaba por si acaso. Hizo algunas apreciaciones pero no intervino, cumpliendo con mi mandato; tenía que aprender a hacer determinadas tareas si iba a independizarme. Se volvió a la cama de nuevo con un brillo de felicidad en los ojos. Luego hice el desayuno: clásico café con leche en mi taza de siempre, con tostadas y dos piezas de fruta. Lo nervioso que estaba y que me había bebido varios vasos de agua nada más levantarme cortaron la leche. Vomité con el primer sorbo. Fui al baño corriendo y cuando volví el pan se había achicharrado en el tostador. Opté por tomar el café solo y las piezas de fruta. Me duché y afeité, salí corriendo hacia el metro.

En el subsuelo, un cartel luminoso avisaba de que la línea circulaba con lentitud porque había desperfectos y averías derivadas de las lluvias torrenciales; cientos de operarios trabajaban a destajo en la evacuación del agua. Nunca había visto el andén tan lleno. Como tenía tiempo de sobra repasé la estructura e historia de la empresa, por si acaso. La misión y visión de su página web decía que era una empresa puntera en el sector de las rehabilitaciones. "Diseñamos espacios, construimos tu futuro" era su eslogan. En el momento en el que iba a enfilar las escaleras de salida, pensando en poner fin a mis desgracias, un grupo de ocas –que habían convertido la estación en su estanque particular– me picotearon los pantalones, arrugándomelos. Una pequeña corriente de aire me subió por la pierna, me habían hecho un pequeño agujero en el pantalón que apenas se intuía por el color oscuro de mis calcetines. Solté una patada que rozó el ala de una de ellas y huyeron despavoridas.

A las 08:59 crucé la puerta de la oficina. Junto al recepcionista me esperaba una persona, que resultó ser el jefe de recursos humanos. Antes de acercarme a él con paso seguro, aproveché el reflejo de las puertas que daban acceso al edificio para revisar mi pelo y el traje; estaba todo en orden, salvo el pantalón. Intenté ignorar ese inconveniente. Firmeza al andar, zapatos impecables y brillantes, apretón de manos impoluto: el tiempo justo sometido a la fuerza exacta para no imponer su rango. En ese instante, las dudas de todos los eventos negativos del día se diluyeron en las opciones nuevas de un futuro desconocido y esperanzador. Aquí vas a trabajar, ¿no te parece bonito el edificio? Lo diseñó el dueño de *Despacio*, y las reformas posteriores, que adaptan el espacio a nuestro modelo de trabajo, lo hicieron los compañeros que vas a tener aquí, dijo. En esa última flexión de la voz reconocí que era la persona que me había comunicado mi elección. Caminaba delante de mí, girándose a cada poco para observarme, abría los brazos, como si estuviéramos dentro de un espacio sagrado, ofreciendo siempre las palmas al techo.

Visto desde afuera, a través del contraste que generan los bloques modernistas de la zona, el edificio se imponía con su forma de silla, de extremidades cortadas. En la rehabilitación habían mantenido los antiguos muros de ladrillo que sirven ahora como base. Sobre ellos levantaron dos torres mellizas recubiertas de vidrios ondulados que ofrecen una sensación de movimiento. Las torres no pudieron ser más altas por las limitaciones urbanísticas de la zona. En un descampado que había enfrente, construyeron un pequeño parque que permite observar el edificio en su totalidad, esa perspectiva limpia y barrida de interrupciones ha conseguido que sea uno de los lugares más fotografiados de la ciudad. El proyecto fue elegido en su año uno de los mejores del mundo. En la carrera lo analizamos, pero aún no habían acabado las obras, así que no había podido apreciar cómo el volumen del vidrio curvado y cortado irregularmente de las torres transforma la austeridad del ladrillo sobre el tejido urbano. La nave central, que sirve de entrada, tiene una esfera de luz enorme, el cuerpo está construido con una estructura de metal recubierta con un lienzo blanco; su luz, que busca extenderse, está contenida, si no sería imposible mirarla fijamente; al caer la tarde, en el delirio de la oscuridad, proporciona un ambiente que hechiza. Alrededor de la esfera se han articulado los puestos de recepción y de seguridad del edificio, en semicírculo, sin llegar nunca a cerrarse, dejando una ligera abertura por la que entrar o salir; esto permite el paso sin interrupción por los laterales hasta las escaleras del edificio o las primeras salas. En la noche, esa distribución acota la luz que se filtra hacia las torres, a través de los ascensores de cristal, iluminándolas suavemente. *Despacio* solo emplea la torre de la izquierda, la otra pertenece a un hotel de lujo. También optaron por intervenir las azoteas de las torres, para construir un espacio exterior y convertirlas en los dos miradores más solicitados de la ciudad; tenía claro que ese era el lugar donde se cierran los negocios más importantes de *Despacio*, ante una vista así a uno solo le queda claudicar. Era impresionante contemplar cómo habían solucionado la sobriedad del inicial bloque rectangular de ladrillo. A diferencia de otros edificios, era fácil distinguir con precisión los elementos, ya que la originalidad de las formas se reivindica desde que se abren las puertas. Hay una corriente de seducción que acaba por instalarse en tu propia identidad.

La empresa ha tenido un crecimiento exponencial desde su inicio, lo que significa que estamos haciendo las cosas bien, ¿me entiendes? Sinceramente, el mejor consejo que puedo darte es que olvides lo que has aprendido; me refiero a nivel metodológico, a la rigidez académica, porque los conocimientos van a seguir siendo necesarios, ¿me entiendes? En *Despacio* buscamos inventar soluciones técnicas que se alejen de lo común, dijo. Continuó hablando, su voz reproducía un monólogo viril y honesto que admiraba cualquier recoveco que recorríamos. Sin embargo, no se aproximó a las características de mi trabajo. Yo atendía con mis ojos a sus señales y de vez en cuando lo miraba, por educación, aunque él nunca me miró fijamente. Parecía un robot, con un trazado y un discurso específico, como si estuviera desplumado de imaginación. Los carteles tenían los colores de la empresa, amarillo, rojo y blanco, y eran todos del mismo tamaño. Los fui descubriendo colgados por los pasillos y las estancias de la empresa; rezaban consignas tales como "Atrévete al cambio", "Avancemos juntos hacia un nuevo mundo", "Supera tus límites con libertad", "Lo que aprendemos forma parte de lo que somos". ¡Qué horteras! Esta opinión me la llevaré a la tumba. Me pareció una estrategia de motivación horrible, que siempre pensé que servía para mantener la moral de algunos de los trabajadores. Entre los carteles había algunos proyectos realizados por la empresa, con fotos y planos. Según caminábamos por el edificio pude apreciar que apenas se realizaban construcciones de obra nueva. Las zonas en las que intervenían así lo atestiguaban. Definitivamente, sí que era una empresa relacionada con la reparación o rehabilitación. Me alegré, esboce una sonrisa juvenil, siempre me ha parecido hostil el espacio vacío, me cuesta encontrar una posibilidad que desambigüe las adversidades que enfrenta mi mente.

Los arquitectos sois el plan central de *Despacio*. Esta es la zona de los chinos, porque fue la última planta que le compró la empresa a los chinos que regentaban el edificio, dijo el jefe de recursos humanos, mientras abría una puerta, que exigió una tarjeta específica para desbloquearla. Sentí algo desagradable como por instinto, pero dejé que la sensación se fuera. Intentaba no plegarse ante ningún mandato irracional. Me quedé absorto, allí dentro había un orden que yo aún no comprendía. Las zonas de trabajo atendían a un diseño panóptico medio camuflado, disponían de la mejor tecnología y de amplios escritorios. Había diez personas, repartidas en grupos de cinco de forma horizontal, en una única mesa corrida, concentradas en sus pantallas, separadas por paredes de vidrio traslúcido. Ni siquiera levantaron la cabeza para mirar hacia el pasillo por el que paseábamos, tenían una concentración absoluta. Estaban rodeados de latas de café y bebidas energéticas. Presidía la sala una pizarra enorme, digital, con los objetivos del día que, con un simple vistazo inexperto, consideré inalcanzables. Alguien iba alterando a medida que pasábamos lo que aparecía en el pizarrón, para mí era un fantasma el que añadía y quitaba tareas, modificaba el calendario, donde se perfilaban las reuniones futuras. Mis futuros compañeros se movían como un ente completo y uniforme, incluso sus gestos se repetían como si tuvieran espejos reflejándolos. Eran el organismo que surge de una simbiosis perfecta entre trabajo y necesidad. De idéntica forma, levantaron la cabeza en el momento en el que el jefe de recursos humanos, graznando, lo ordenó. Aparecieron por sorpresa dos supervisores para saludarlo; cuando se sacudieron de encima sus bromas y chascarrillos, me presentó.

El recorrido no podía estirarse más. Terminó en un despacho repleto de personas que me observaban sin hablar. Las puntas de mis pies me parecían enormes; así me di cuenta de que había agachado la cabeza y miraba hacia el suelo. Estaba rígido, como una estatua, en medio de la sala blanca, apenas rellena por los colores de los carteles. Había una mesa rodeada de sillas, sobre ella una carpeta protegía mi contrato de trabajo. Allí estaban por fin delimitadas las características del puesto para el que me contratan. Había leído sobre las nuevas condiciones de trabajo que ofrecen algunas empresas, por lo que no me sorprendí. Adjunto al contrato encontré un dossier de quince páginas que analizaba con minuciosidad los detalles de una casa reformada. Levanté los ojos, supongo que muy abiertos, y me indicaron que la firma del contrato conllevaba la adquisición de una casa que pertenecía a la empresa. La irás pagando poco a poco, mientras alcanzas los objetivos que se hayan fijado. Es una casa grande, con una piscina cubierta y un estanque en el jardín donde vive una familia de ocas que estamos obligados a cuidar por culpa de una norma nacional de protección animal, dijo alguno de los presentes. Será tuya cuando la termines de pagar, y eso lo determina la empresa de acuerdo con los resultados de tus esfuerzos. Es la forma que tenemos de ofrecerte una posibilidad de independencia en un mercado inmobiliario atestado de estafas y cuchitriles a reformar. Varios compañeros tuyos la han pagado en poco tiempo, continuó diciendo. El jefe de recursos humanos afirmó esta última frase en voz alta: yo la pagué en diez años. Firmé el contrato solo con la duda de saber si iba a ser capaz de cuidar una familia de ocas.

Por fin pude gritar que tenía un hogar propio y un sueldo. Menos mal, porque estaba cansado de vivir con mis padres. ¡A mis 25 años! No podía pedir mucho más. Si hubiera tenido la posibilidad, habría llamado a cada uno de mis compañeros de la universidad para gritarles, para decirles, ¡miradme, este es mi primer paso! En ese momento estaba seguro de que el resto de cosas sucederían por sí solas, gracias a mi esfuerzo.

*12 de enero*
El espíritu habla: no por mí es inaudible esta felicidad. Corto el horizonte y lo agarro con mi mano: sostengo mi historia por primera vez. Este punto (ahora) es una carátula que se desdobla. Y es simplemente seguir. El día entero…, simplemente seguir el día entero. Ya siempre el día será del trabajo. ¿Entonces toda mi vida prematura no era en serio? Esto es más serio: un contrato. Seduce, enciende, es condenadamente familiar sin haberlo realizado antes. No hay ni un hueco a escala mundial, es un ritmo. ¿Ya no seré? Me ordeno aquí dentro para no distinguirme. Lo entiendo, es un momento de extravío imposible de desmentir. No hay hueco a escala mundial. No se puede pedir ni un favor y todo termina después de esto. Ya no merodeo. Este ambiente es una tradición. Una tradición atroz. Nuestra patria. Me exijo esta preferencia, ser una hiena en el conjunto, porque así debo ser… feliz. Me clavo en lo que quieren de mí.

## *VII: primer día de trabajo*

Esa mañana de invierno no hizo falta que mi madre entrara a despertarme. Se diluían los malos presagios del día anterior. Los trabajos para la recuperación de la zona habían avanzado. La luz fría del sol se empezaba a intuir detrás de los edificios. En la avenida, me sorprendieron los árboles con sus copas recortadas, perfectas, uniformes; adentro del verde los pájaros cantaban. A través de la ventana, no podía dejar de escrutar los movimientos de los vecinos, las perfecciones que se alzaban ante mí. Me miré en el espejo del baño con convicción y confianza. Había preparado lo que necesitaba en varias maletas, que recogerían a lo largo de la tarde. Me despedí de mi madre en la puerta, sin saber cuándo volvería a verla. Decidí no girarme hasta que entré en el ascensor, para evitar la sensación de despedida. Quise agradecerle a Alba por haberme enviado la oferta de trabajo, pero con la euforia su imagen, que tanto me obsesionaba, había quedado desplazada fuera del radio de acción. Vacilé sobre si explicarle los detalles o esperar hasta el final del día. Me repiqueteaba en la cabeza la posibilidad de que las cosas pudieran complicarse. No le escribí.

Comenzaba mi primer día de trabajo. Similar a lo que me sucedió el día anterior, me esperaba en la recepción el jefe de recursos humanos para darme acceso y acompañarme hasta la sala donde recibiríamos nuestra primera formación en *Despacio*. Le ofrecí mi mano de forma tan rápida e inesperada que no pudo menos que sonreír. Me la estrechó con la misma seguridad.

Hoy es el día de bienvenida , hoy es un día fácil. Lo único que pretendemos es que conozcáis la oficina, al equipo, a vuestro jefe y la forma en la que se va a desarrollar vuestro trabajo, así que relájate, no estés ansioso. Firmaréis los contratos y os marcharéis. Los principios siempre suelen ser complicados, pero ya sabes que aquí somos una familia. Empezaréis con proyectos en un plazo de dos semanas, que es el tiempo que tardáis, de media, en aprender a trabajar en equipo y a utilizar las herramientas y manuales de acompañamiento que la empresa pone a vuestra disposición, dijo guiándome a través de los pasillos del edificio.

Una vez que estuvo todo el equipo en la sala, nos sentaron en línea, los cinco seguidos en horizontal respecto de la mesa que presidía la sala y que tenía tras de sí una pantalla enorme. Observé de reojo a mis compañeros, miré sus manos, como haría Alba, que estaban dispuestas sobre la mesa en una actitud sumisa y relajada, obvié sus caras porque habría tenido que girar demasiado la cabeza y no quería que me llamaran la atención. Por momentos lo que intuía era un desfile de narices. Todos teníamos un papel delante de nosotros que consignaba: “No habléis entre vosotros”. El silencio se enredó en las esquinas, se internó por la laringe como el aire hasta volver rígidos nuestros cuerpos. El escenario contrastaba demasiado con el bullicio del primer día de clase, donde se expandían risas y acercamientos; aquí estábamos replegados ante la autoridad. Durante unos minutos estuvimos mirando un vídeo sobre prevención de riesgos laborales que nos explicaba cómo regular las sillas y las pantallas para no sufrir dolores de espalda. La pantalla pasó a negro y entró el que iba ser nuestro jefe de zona, la persona a la que teníamos que reportar directamente. Saludó con apretones de mano a los responsables de recursos humanos, que se inclinaban un poco hacia delante. Tuve la sensación de que era una coreografía calculada y precisa.[13]

Buenos días, mi nombre es Ricardo. Sé que todavía no os conocéis y que ni siquiera habéis hablado entre vosotros, respetando el papel que lo prohibía y que personalmente me he encargado de dejar sobre las carpetas; la primera figura de confianza debo ser yo, una vez que me presente y establezca las directrices, os será más fácil reconoceros y coordinaros. Sé que no habéis trabajado antes, que los cinco procedéis de diferentes ramas técnicas: un arquitecto, un aparejador, un diseñador, un decorador de interiores y un gestor comercial. Pretendo dejar claro el propósito que nos une y por el que vamos a darlo todo. Ese propósito será un cauce grande, quizá enorme al principio, al que os uniréis como pequeños afluentes conforme transcurran las semanas; sé que la canalización va a ser complicada, pero os pido que contribuyáis a que eso suceda. Si partimos desde unos valores como el compromiso y la disciplina, podremos mantener la continuidad del equipo. Si habéis superado las entrevistas de *Despa-*

13 *Post-it*: localizada en la perfección.

*cio*, estoy seguro de que tenéis la capacidad de hacerlo bien. Aquí solo llegan los mejores y vosotros lo sois. A partir de ahora, cuando os den las tarjetas identificativas, que siempre debéis llevar colgadas, y las claves de acceso a los programas y herramientas que la empresa pone a vuestra disposición, sois un equipo. Bueno, mejor dicho, somos un equipo. Os voy a decir una cosa, no pasa nada si nos equivocamos, pero a cambio hay que aceptar rápido el error y querer adaptarnos para modificarlo. Todo el mundo se equivoca, todo el mundo mete la pata, yo el primero. Sin embargo, no me lamo las heridas, comprendo dónde he fallado y trabajo para corregir mi cagada. Somos camaleones, ¿lo entendéis? Tenemos el potencial para hacer grandes proyectos juntos y no lo vamos a dejar pasar. Cada generación tiene sus hitos, y nosotros nos encargaremos de erigir el nuestro. Quiero las mejores actuaciones, quiero premios de revistas de arquitectura, quiero reconocimientos, ¿lo comprendéis? Vais a tener que confiar en mí, porque fui como vosotros, estuve ahí sentado. Los cinco que formábamos ese equipo somos ahora jefes de zona. *Despacio* ha cambiado: debido al aumento de la carga de trabajo han dividido las actuaciones, han segmentado los proyectos usando como referencia las líneas de metro. A nosotros nos han encomendado aquellas obras que se van a realizar en las proximidades de la línea 1 que, como saben, atraviesa la ciudad de norte a sur. Progresaremos juntos para alcanzar nuestros objetivos. Creo en vuestras capacidades y en vuestra curiosidad y en vuestra ambición. En *Despacio* los procesos son tan armónicos, tan abiertos, que permiten que las decisiones e ideas de todos se coordinen para conseguir el mismo objetivo. Vuestro oficio se volverá algo único y especial porque podéis cambiar el mundo y el futuro de esta ciudad. ¿Quién no querría unas calles más habitables? ¿Quién no querría pisos mejor adaptados a la situación actual? ¿Quién no quiere ir a cenar a un local increíble lleno de novedades técnicas? Eso hacemos, organizar la ciudad. Pero tenéis que cuidaros entre vosotros dentro de esta libertad, para que el equipo tenga una conexión casi natural, simbiótica, orgánica, como si os hubierais criado en la misma familia. Somos personas completas, y me incluyo, no simples trabajadores. Dejad que las barreras, las dificultades, vengan de fuera. No os pongáis límites. Es necesario que eso ocurra cuanto antes porque, al final, el trabajo, tal y como habéis podido comprobar en el curso de formación, funciona a través del sistema fordiano. Somos una cadena de montaje de espacios. Es mejor que lo miren de esa manera. Hablad entre vosotros, comunicad a los demás las necesidades, expresaros. Yo me encargaré de ir seleccionando los proyectos para que no se acumulen, de esa forma siempre estaremos en un continuo de actividad con variaciones, a veces cargados y otras más descargados. Habrá momentos en los que trabajaréis en varias rehabilitaciones a la vez, si considero que esa medida es eficaz y eficiente en relación con el resto de los proyectos que estén en marcha. No tenéis hora de entrada ni de salida, aquí no hay fichaje, y es una condición que vuelve especial a esta empresa, podéis, en definitiva, hacer lo que queráis, única y exclusivamente tenéis la obligación de cumplir las tareas que os iré encomendando y marcando en el calendario común. Y otra cosa os digo, tened claro que estoy a vuestra disposición a cualquier hora, soy vuestro jefe, pero también vuestro guía. Acudid a mí sin vergüenza ninguna, os daré mi opinión y os ayudaré.

Ahora, os presentaréis al resto de vuestros compañeros para que os conozcan. Empieza el arquitecto que es el que está sentado en el extremo, dijo señalándome a mí y echándose a un lado, cediéndome el centro del escenario.

Nos costó reponernos. Delante de nosotros, sobre el futuro, se había dibujado un reto importante. La sensación que inundaba la sala era de pura emoción y compromiso. Si durante el encierro por las inundaciones había perdido de vista mis objetivos, Ricardo me los acababa de devolver. Quizá, si hacía las cosas bien, podría ascender dentro de *Despacio*, podría conseguir premios y reconocimientos, podría participar en proyectos más ambiciosos. Salivaba. Después del corte perfecto en la naranja que hizo mi madre, esta era la segunda vez que se activaba un resorte dentro de mí, era la segunda vez que tenía que aprender a mirar; la primera mirada fue la del descubrimiento, la de la exploración, la de la emoción; la segunda mirada sería la del trabajo, la del compromiso con la idea, la del esfuerzo. Mis sueños convergían de nuevo en un punto concreto –que en algún momento se confundió con la cadencia y la entonación de la voz de Ricardo–; mis sueños se hacían palpables: volví a estar motivado. Es posible que los demás no supieran quién era, pero me fascinaba la sensación de tener frente a mí a una persona a la que le habían concedido dos premios de urbanismo; no lo mencionó en su discurso y eso le honra. Exponer los reconocimientos que uno ya tiene no garantiza nada, es pura bravuconería. Este era el lugar desde el que aprender, lo tenía claro. Otro movimiento de Ricardo ofreciéndome más espacio para hablar me sacó de mi ensimismamiento. Aprecié al levantarme que el mensaje estaba echando raíces en nosotros, lo propuesto había sido asumido y digerido, las caras de mis compañeros revelaban un estado de plenitud, de felicidad, sus manos aferradas a los reposabrazos de los asientos desprendían una fuerza inusitada, querían abalanzarse hacia los ordenadores; incluso ese silencio respetuoso nos aligeraba la concentración. Tras las presentaciones, en medio del entusiasmo, nos reconocimos como manada abrazándonos. Los cinco nos miramos más de lo que se considera necesario hasta memorizarnos las caras. Flotaba en el ambiente una sensación de euforia que hacía que nuestros corazones golpearan el pecho con mucha fuerza. Unas simples palabras nos habían condenado para siempre.

Nuevo traslado, otra vez, como un rebaño perdido, hasta el despacho del jefe de recursos humanos, de cuyo nombre me olvido constantemente y al que nunca volví a ver desde aquel día. Las luces de los pasillos destellaban a nuestro paso, éramos los protagonistas del día. Obnubilado pensé que el mundo, aún habitado, me pertenecía, que permanecería delante de mis ojos, como una estela luminosa a la que poder seguir, y que las cosas se irían resolviendo siempre de la mejor manera, de forma nítida y cristalina, con todas las opciones ya escogidas. Fuimos entrando a la sala uno a uno, mientras el resto del equipo, acompañados por Ricardo, esperaba fuera. Era mi turno, mi sueño estaba al alcance de mi mano. Al cerrar la puerta, me sacudió un calor interno que me alertaba de un olvido que quizá se había integrado en mí como un sueño o broma del día anterior, las ocas. Lo primero que vi fue un bolígrafo de hormigón con el logotipo de la empresa y mi nombre. Justo al lado, dentro de un llavero con la silueta de un pato, estaban las llaves de mi casa. Como tu caso es especial, ten, toma esto, dijo un chico de recursos humanos. Me entregó una guía para el cuidado y crianza de las ocas; centraba su atención en varios aspectos: la alimentación tenía que ser equilibrada y principalmente rica en vegetales o plantas acuáticas y cereales; el agua debía estar limpia para que puedan nadar con libertad y mantenerse hidratadas; en los alrededores del estanque o de la piscina han de tener un espacio suficientemente amplio para pasear o descansar; obligatorio, y de suma importancia –lo recalcaba en letras mayúsculas y subrayado–, que el hábitat esté saneado para evitar la propagación de enfermedades; por último, había que conseguir protegerlas de depredadores o rapaces, incluso es recomendable ponerles un cobertizo cerca por si buscan reproducirse o descansar; en un punto extra y añadido con otra tipografía, parecida a la de la cartelería de la empresa, había otra advertencia: es importante mencionar que las ocas son animales muy territoriales y pueden volverse agresivas si perciben una amenaza, por lo que es recomendable no acercarse demasiado a ellas, especialmente durante la época de reproducción, cuando protegen con determinación sus nidos y crías; al final estaba escrita en bolígrafo una nueva advertencia: "La oca alfa de la bandada lleva un lazo rojo en el cuello". Busqué la dirección del domicilio que aparecía en el contrato, el punto en el que se detenía el indicador del móvil estaba próximo a la última parada de la línea 1, en un área residencial inmensa.

Por favor, acompañadme, os voy a mostrar las diferentes zonas que tiene el edificio y aquellas en las que vais a invertir vuestro tiempo. Las plantas 0, 1 y 2 son de uso común, la 3,

4 y 5 son donde están los cuartos de los chicos, la 6, 7 y 8 son donde están los cuartos de las chicas, y la 9 y la 10 es el lugar en el que los jefes tenemos los despachos. Vuestras tarjetas disponen de unos permisos concretos, igual que la mía, que os limitan el acceso a determinados lugares. Además, tal y como pone en el contrato, os sirven para comprar tanto en las máquinas expendedoras como en la cafetería, pero recordad que las máquinas son gratuitas, podéis conseguir cualquier bebida o aperitivo, incluso el café de la mañana. Para subir y bajar por el ascensor, tenéis que usar la tarjeta, la introducís en el resorte habilitado y pulsáis la planta a la que queréis ir, ¿fácil, no? El ascensor tiene una cámara que controla quién lo usa, lo digo porque, por favor, los cuartos son exclusivamente para dormir, si los usáis para otra cosa o de otra manera, seréis sancionados. He trasladado mi mesa a vuestro despacho, quiero estar cerca para poder resolver dudas y formar un equipo sólido, así que estaré sentado detrás de vosotros. Pero bueno, ¿y esas caras? No os preocupéis, las pantallas de los ordenadores tienen bloqueadores de mirada, solo se ve a una distancia muy concreta… Aquí en la planta 0 tenéis, al final del corredor de la izquierda, el comedor, donde podéis elegir el menú del día o solicitar algo de la carta para llevar. Tened en cuenta que solo podéis cruzar los tornos durante la jornada un total de cuatro veces al día: desayuno, comida, merienda y cena. Por el corredor de la derecha llegaréis a la lavandería y tintorería. En la planta 1 se encuentran las salas de reuniones, recursos humanos, las aulas de formación, el salón de actos, que se reserva para ocasiones muy especiales, dijo Ricardo, como si fuera un sherpa experimentado. El sonido del ascensor me

irritaba. Continuó con su charla... Nosotros trabajamos en la segunda planta, venid por aquí, por el corredor de la derecha hasta el cubículo 215. Los asientos ya están repartidos, se relacionan con la línea de ejecución que van a seguir los proyectos: en el extremo izquierdo se sentará el arquitecto, a su lado el aparejador, el diseñador, el decorador de interiores y el gestor. No penséis que ha sido casualidad que os hayáis colocado así en este primer día... No dejamos en *Despacio* nada al azar, acotamos las posibilidades, dijo y se giró, movió su mano hasta el interruptor y apagó las luces. Nos dirigió de nuevo hasta el ascensor.

Apenas me sorprendí por los despachos, ya los había visto. Su tecnología se revelaba de última generación en la distancia. Los pasillos del edificio tenían sensores de movimiento, así las luces no permanecían continuamente encendidas (observé que habían levantado los apliques de los sensores y los habían recolocado en otro ángulo, cubriendo con el sensor, de esa manera, la totalidad del pasillo). En las paredes también había carteles colgados: se asemejaban a un enjambre, era una buena forma de conseguir abolir las posibilidades del blanco. Caminaba incrédulo, considerando la amplitud de aquellas zonas en las que podría convivir una familia sin problemas; desconfiaba a ratos de toda aquella superficie inmóvil, sin accidentes, sin exabruptos, sin sonido. No había ajetreo. Ese pensamiento se disipó cuando nos montamos de nuevo en el ascensor acristalado: mi cara era monótona y sin emoción, eso mostraba el espejo del ascensor, a diferencia de la de mis compañeros. Evité cualquier sentimiento de incertidumbre y disfruté de las vistas de la recepción que, con su ritmo marcado por las salidas y entradas al edificio, parecía un lugar vivo. La imagen se desvaneció bajo mis pies cuando llegamos a la tercera planta.

Tercera planta, donde está vuestro dormitorio. El cuarto es conjunto, está habilitado para que durmáis los cinco y es tan amplio que no os sentiréis agobiados en ningún momento. Tiene el mismo número que el despacho donde trabajamos, solo que con una planta más: el 315, dijo Ricardo y acto seguido abrió la puerta de la habitación. Desde el umbral, a través de los vacíos que dejaba su cuerpo girado hacia nosotros, intuí la altura y la profundidad. Fantaseaba a la espera de alguna pista más. Al apartarse, confirmamos que la habitación era enorme. Yo, que no atendía a sus comentarios, esperaba un conjunto de literas con una cama auxiliar, pero cada uno disponíamos de nuestro propio refugio, con un anexo a los pies de cada cama compuesto por un escritorio y una cajonera pequeña. Las camas tenían un mecanismo de insonorización y encapsulamiento (siempre que activáramos esa opción; los más claustrofóbicos podrían dormir con el lateral abierto al pasillo que surgía de la simple distribución del mobiliario). Ya estaban asignadas. Sobre la colcha había un chándal, una camiseta, ropa interior, un neceser y un pijama con el nombre de los miembros del equipo, así que nunca hubo discusiones sobre dónde dormir o por qué una cama era mejor que la otra: los problemas o confrontaciones menores de la convivencia estaban derogados de base. La talla y el tejido de la ropa ha sido específicamente diseñado para este equipo después de un análisis exhaustivo de vuestros perfiles, dijo Ricardo. A mí me tocó la cama más próxima a la entrada de la habitación, en frente solo tenía un armario que sustituía a la que habría sido "la sexta cama". Los demás estaban emparentados. La distribución se hizo conforme a la encuesta que rellenasteis sobre los hábitos de sueño, que también usamos para fabricar unas sillas que se amoldan perfectamente a la forma de vuestros cuerpos. Por favor, sí que os pido que leáis atentamente el manual de uso de las camas-cápsula para aprovecharlas al máximo. Es una nueva patente en la que trabaja *Despacio*, que mejora las habitaciones cápsula que usan los japoneses para descansar cuando viajan, dijo nuestro jefe antes de salir de la habitación.

Tras esas palabras, se detuvo nuestra imaginación. El presente con el que siempre habíamos soñado se nos había revelado por fin. Nos concedimos un breve respiro, un descanso; nos sentamos en las camas mientras permitimos que poco a poco se envalentonara imparable el deseo de conocer nuestra nueva casa. Es inevitable querer estar en la corriente del futuro donde se resuelven todos los misterios. Hablamos un rato exhaustos y sugerimos llamar a nuestra habitación *El testigo*.

Analizamos entre todos las funcionalidades de las camas-cápsulas, porque eran muy avanzadas: tenía una pantalla y una luz en el techo cuyas emisiones no se filtraban nunca hacia afuera, sino que se cortaban en el umbral de la cama, lo que nos permitía ver y escuchar lo que quisiéramos tranquilamente; podías programar ruido blanco, música o el sonido que prefirieras durante un tiempo determinado, o también podías optar por programarlo hasta que te quedaras dormido, ya que la cama tenía unos sensores que monitorizaban el ritmo cardíaco y la respiración para avisar al hospital en caso de emergencia; de despertador estaba la opción de la radio, o que te espabilara un sonido concreto dentro de las millones de opciones que tenía: graznidos de urracas y de pelícanos, siseos de serpiente, mensajes con la voz de la persona que tú quisieras generados por inteligencia artificial (el aparejador eligió la voz de su futbolista favorito para despertarlo); las paredes se encendían progresivamente con una luz que imitaba el amanecer, así no se rompía de una forma tan agresiva el ritmo circadiano. Además existía la posibilidad de configurar las pantallas para mirar desde el punto más alto de cualquier ciudad que eligieras en directo a través de las cámaras públicas. Las camas-cápsulas eran el sitio perfecto para el aislamiento dentro del edificio, aunque seguramente no llegamos a conocer todas las opciones disponibles: te podías masajear la espalda, subir la cabeza o los pies de la cama para dormir inclinado, poner ligeras vibraciones en el colchón que servían para relajar la musculatura, etc. Atendiendo a las instalaciones y las condiciones del dormitorio, aun a pesar de querer nuestra independencia, sin llegar a parecer tarados, aceptábamos la posibilidad de que en más de una ocasión, en el futuro, nos ahorraríamos el trayecto en metro y dormiríamos allí directamente.

Ricardo había cerrado la puerta para darnos intimidad, pero aun así sentíamos su movimiento impaciente, aunque no era una visión clara, solo una sombra achatada que se dibujaba por abajo de la puerta. En las pocas horas que habíamos pasado con él, a pesar de los acontecimientos fugaces, envolvimos su figura en un aura de confianza y respetabilidad. Nos devolvió, desaparecida ya su función de encargado, al aula de formación y se despidió. Pensad que todo aquello que podamos prever nos dará siempre una salida ante la incertidumbre, dijo antes de cerrar la puerta. Creo que ninguno lo entendió, porque las miradas se aliviaban sobre los pies, pero esa frase se mantuvo como la guía de nuestra libertad.

Cuando nos liberaron de la formación, sin necesidad de palabras, nos dirigimos al bar de la esquina. Parecía que llevábamos juntos mucho tiempo, sin embargo, esa ficción se fue diluyendo y borrando con cada paso que nos alejaba de *Despacio* hasta develar una realidad en la que cinco chicos se sentaban solos, por primera vez, en la mesa de un bar. Ordenamos cervezas para todos y con el primer sorbo espumado, que alejaba la timidez del que no está ubicado, ahondamos en quiénes éramos. Alguien lanzaba una pregunta e íbamos respondiendo. La curiosidad del primer acercamiento al otro puso en movimiento un mecanismo de comprensión. Discurría debajo de la conversación un interés honesto por entendernos para poder trabajar juntos, atados como estábamos a las productividades e hipotecas. Teníamos que ser capaces de ser lo más resolutivos posibles y pretendimos limar anticipadamente las futuras asperezas y conflictos que generarían el estrés y el ritmo de trabajo. Nos tranquilizamos cuando dejamos de preguntarnos sobre lo que pensaban los demás; la primera imagen de cada uno había sido tallada intencionadamente; si esa imagen se derrumbaba o no, iba a depender de cuánto se alejara de la realidad diaria, de lo que cada uno hiciera por y para los otros. Pensé que Alba estaría contenta, en cuanto me montara en el metro le escribiría. Se alargó la cena y, por fin, nos fuimos a ver nuestras casas para desatar el nudo ansioso que teníamos en el estómago.

Achispado salí a una noche que empezaba a enfriarse. Caminé hacia la parada de metro más cercana de la línea

1, que estaba a diez minutos andando. En el paseo, los peatones, los coches, las farolas… me resultaban extraños, eran artefactos de la sociedad que por el cansancio o por cualquier otro sentimiento en ese momento no entendía. Me parecieron raros los colores de los semáforos, ¿por qué rojo, naranja y verde?, ¿quién decidió que el verde te permite continuar?, ¿quizá tiene que ver con la intensidad de la luz que desprende o con la cantidad de colores incluidos dentro de él? Me espabiló un bocinazo de un repartidor. Con dos saltos ligeros, asumiendo la forma de un diente de león, me quité de en medio del paso de cebra.

En el metro había un asiento libre que me permitía mirar hacia las cartelerías de los andenes. Ver los anuncios agolpándose a toda velocidad en las cristaleras, impregnándose durante un rato en la espalda de los pasajeros, me relajaba. Me senté dejando sin sitio a una embarazada; el placer culpable de la euforia del día había disminuido mis niveles de educación. Sentado a mi lado un chico alto me miraba con reproches. Como no quería oponerme a su enfado, decidí levantarme y él hizo lo mismo; la señora se sentó en su asiento y yo me quedé tranquilo en el mío. Hasta que no se bajó no paró de mirarme de forma sombría. Lo ignoré mientras repasaba la guía para el cuidado de las ocas. Encontré un *post-it* en el dorso que no estaba cuando lo cogí por la mañana, decía que alguien me iba a recoger en la estación para llevarme a casa. Miré el móvil y tenía varios mensajes de mi madre y una llamada de un número desconocido. Dejé a mi madre para luego y llamé al número; una voz me dijo que me esperaba al final de la línea para recogerme. Me bajé con cara amable, alejando mis muecas de cansancio. Frente a mí, con un cartelito con mi nombre, estaban un hombre y una mujer. Somos los encargados de cuidar tu finca, *Despacio* nos tiene contratados para las casas de los trabajadores de esta zona. Tu situación es especial porque en tu piscina tienes todas esas aves migratorias que ya no emigran. Son territoriales así que yo me encargo de cuidarlas porque el líder ya se ha acostumbrado a mí, dijo el hombre. Por suerte, no vas a tener que pasar cerca de ellas, ya que el jardín y la piscina están en la parte posterior de la casa. El antiguo dueño hizo un cobertizo en el extremo del terreno para que criaran. Cuando entres tendrás sobre la mesa del salón las instrucciones sobre los aparatos de la casa: lavadora, conexión segura del ordenador, gafas de realidad virtual, videoconsola, televisión… en fin, todo lo que hay. Nos hemos tomado la licencia de comprarte comida para la cena y el desayuno, así no tienes el frigorífico vacío al llegar, dijo la mujer. En tu cuarto hemos dejado las maletas que recogimos esta tarde. Después de las formalidades, tras el breve trayecto, con la noche sucediendo por entera, detuvieron el coche para dejarme frente a la puerta de mi nuevo hogar. Ninguno se giró a mirarme cuando abrí la puerta.

*VIII: los rituales*

Los comienzos siempre se miden por la euforia; así, al volver del trabajo, en la noche oscura, me gustaba divisar el tejado de mi casa en mitad de aquel conjunto de tejados idénticos. Mi ausencia casi permanente mantenía el interior impoluto. En la cuarta mañana, justo antes del fin de semana, aún ignoraba los rincones de las habitaciones; el cansancio benévolo derivado del trabajo bien hecho me hacía dormir como un lirón, por lo que, al amanecer, disponía del tiempo justo para ducharme tranquilo. Pero esa mañana me tironeó un sentimiento de urgencia: no quería aguardar más, ni siquiera hasta el fin de semana, para descubrir mi propia casa. Después de enfundarme el traje nuevo azul marino que había encargado y arreglado en la oficina, me acerqué al ventanal de mi cuarto que se abría a la piscina. El cielo se teñía ligeramente degradando la oscuridad y debajo de mí estaban descansando, ovilladas, las ocas. Sus pequeñas figuras coloreadas de blanco y marrón contrastaban con el verde apagado del césped. Desde esa altura, convertían la piscina en un jardín zen: piedras distribuidas a consciencia para liberar a la imaginación de sus propias cargas. La disparidad de sus tamaños, su forma de estirar un ala, tensándola, luego la otra, para finalmente elevar su cabeza que formaba esa pequeña interrogación que se cortaba con su cuerpo tumbado, sus movimientos idénticos, su jerarquía, sus ligeros chapoteos en el agua me relajaron antes de irme. Pensé que la vida aún participaba afuera de aquellos cuartos vacíos. Lo que no sabía es que no iba a volver más allí.

Nos integramos en los rituales de *Despacio* sin darnos cuenta. La empresa se volvió nuestro núcleo, aunque de manera difuminada. La división del trabajo que orquestaba Ricardo, esa disección minuciosa, fue suficiente para acomodarnos. No había un solo instante en el que las tareas no se acumularan y si, por casualidad, nos conseguíamos poner al día, al mejorar nuestros indicadores de desempeño, recibíamos pequeñas bonificaciones: la comida gratis de la semana, una cena en la azotea del hotel con el equipo, una tarde de masajes en el balneario o incluso una entrada para los baños termales o al musical de moda, nos llevaron a un circuito de drones una vez. A pesar del encierro, nos sentíamos realizados y, al entregar una tarea completa para su revisión, esbozábamos sonrisas intensas, mediadas por el deseo de reconocimiento. Vivimos en una vorágine absorbente, donde el simple pensamiento sobre nuestra vida se perfilaba ya desde el trabajo y nunca al revés. A través de ese ritmo constante dejamos poco a poco de ser: nuestros intereses y aspiraciones se difuminaron en un periodo muy corto de tiempo. A veces, si las condiciones se daban, teníamos la posibilidad de salir antes; sin embargo, nos esmerábamos en hacer planes juntos como nos recomendaban: siempre había algo que discutir o apuntillar, éramos adoradores de nosotros mismos. Así conseguimos continuar la dinámica del fortalecimiento del equipo, del hermanamiento; por lo que, si uno flaqueaba o se ralentizaba, los demás lo cubríamos. Mis compañeros se volvieron mi familia y yo la suya, a través de un afán idéntico, del compromiso, de la concentración obstinada, conseguimos que cinco almas dispares llegaran a las fechas de entrega. Y esos esfuerzos solo pretendían un reconocimiento económico y profesional que nunca llegaba, que siempre se posponía o quedaba relegado por el espejismo de los pequeños gestos. Enterramos cualquier motivación que no tuviera de fondo el trabajo. Se podría decir que nuestra validez estaba enraizada a lo conseguido allí. Más allá no había horizonte, éramos un cascarón vacío. Fue general: nos degradamos hasta ser simple maquinaria. La mecanización de todo el proceso nos volvió inertes y nos llenó los ojos de píxeles. En las camas de *El testigo* dormíamos a pierna suelta y nos recuperábamos del cansancio, sobre todo cuando activábamos la brisa nocturna, que era suave y relajante. Nuestras casas se fueron alzando en la memoria como un proyecto en el que habíamos trabajado.[14]

Nunca he llegado a comprender cómo me dejé llevar, quizá porque contemplaba detalles pequeños de mi voluntad en cada uno de los proyectos, quizá por la inmovilidad de los demás. Nuestra misión era tan sencilla y digerible que no la considerábamos molesta, incluso tuve la sensación de que perdía poco a poco mis conocimientos sobre arquitectura. Aunque me repetía que no era tan importante, porque me estaba especializando. Redactaba o imaginaba proyectos

14 *Post-it*: si yo no hubiera tenido que vigilar a las ocas por las cámaras, no me habría acordado de que existía.

para reformar los espacios pero obligatoriamente atendía a los modelos de *Despacio*; por ejemplo, siempre tenía que integrar la cocina en el salón en los alojamientos vacacionales para mostrar amplitud y mejorar la circulación, o siempre tenía que montar un sistema de iluminación, en aquellas habitaciones que no tenían ventanas, que imitara la luz natural. En algunas situaciones, disponía de cierta libertad, lo que favorecía mi excitación y relajaba mis nervios, y me permitía encontrar soluciones que no habría alcanzado en la carrera. Esos proyectos los realizaba sin darme cuenta; por aquel entonces, sentía una especie de vibración cuando me acercaba a lo que quería: las piezas con sus mecanismos heterogéneos encajaban y entonces caía una luz sobre los materiales, resaltando su silueta, hasta generar una imagen concreta. Una vez hecho eso, a veces con los del equipo apiñándose a mi alrededor, porque era capaz de mantenerme en un estado de concentración durante muchas horas, cerraba el proyecto y lo mandaba a revisión. Ricardo, con el que fuimos intimando y que adquirió la condición de amigo, de confidente, hacía pequeñas modificaciones que no desvirtuaban nunca la esencia de mi propuesta, sino que la mejoraban, la optimizaban para la cadena de trabajo. Esos resultados inmediatos respaldaban mis esfuerzos. Luego, en la gran mayoría de las ocasiones, mis compañeros de equipo continuaban o apoyaban el proyecto una vez teníamos el visto bueno de Ricardo. Era increíble observar cómo avanzaba el proceso y se reflexionaba sobre la distribución, el diseño del mobiliario que siempre seguía las medidas de la compañía, la colorimetría, la decoración de los cuartos, el tipo de suelo y de ventanas o los dibujos que tenían que aparecer en los cuadros según la habitación. Con el trabajo aprendimos que *Despacio* también fabricaba los muebles y accesorios del lugar reformado a través de otra empresa que se llamaba *Room*. Los tamaños y medidas de los muebles, de los colchones, de los cojines eran tan específicos, y estaban tan alejados de lo estipulado comercialmente, que los recambios siempre tenías que comprárselos a ellos. Era un negocio redondo, en el que el primer bocado siempre lo daba *Despacio*. Nosotros también participábamos de él, porque las casas que nos dieron seguían el mismo patrón, por lo que, con los descuentos de la empresa, comprábamos diseños de las nuevas temporadas, cojines con verduras o frutas, cortinas con cinta fruncidora en *Room* que se acumulaban sobre la mesa de nuestras cocinas a la espera de que algún día fuéramos a abrirlas.

Nuestro único respiro era la hora de la comida. Antes y después éramos rectos y devotos al trabajo. Incluso los fumadores detenían su vicio hasta la noche. En las primeras semanas bajábamos juntos a la cantina para conocer a algunos de los compañeros de la oficina. Pienso que las dudas que mostrábamos al andar y el no saber dónde sentarnos les advertía de que éramos novatos, así que nos ofrecían sitio en sus mesas. Se podría decir que teníamos la misma edad, aunque los equipos del resto de líneas eran un poco mayores. Entre el primer plato y el postre discurrían conversaciones repletas de interrupciones de un lado y de otro; elegíamos, temerosos, temas que no nos implicaran personalmente, pero que permitieran generar un poco de intimidad. Las pequeñas charlas insustanciales de media hora sobre deporte, cine o algún cotilleo de *Despacio* nos acercaban y a la vez tendían relaciones con el resto de los trabajadores. A mí me resultaba complicado prestar atención a una conversación con tantos interlocutores sin que se me enfriara la comida; en mi casa la voz del presentador del informativo era lo único que rompía el silencio. Siguiendo mi educación e intentando reubicarme y embotado por el ruido, cogía mi bandeja, echaba las migas dentro y la llevaba hasta el mostrador; tardaron poco en reírse de mí por esto: les quitas su razón de ser a los camareros, luego se van a aburrir por tu culpa, a ellos les pagan por recoger y a ti por diseñar edificios, me decía el gestor comercial. Y yo no quería que nadie se sintiera mal, así que dejé de hacerlo. A veces pensaba en lo que diría mi madre, pero una oficina y una casa no son exactamente el mismo lugar, a pesar de que llegué a equivocarme, a confundir los espacios hasta volverlos uno dentro de mi ensoñación. También a nuestro alrededor habitaban los solitarios, aquellos que comían viendo el móvil, escuchando música o leyendo libros electrónicos, que se sentaban en las esquinas de las mesas mirando a la pared o al infinito. Los criticábamos con dureza. Lo que no sabíamos aún era que también nos convertiríamos en solitarios conforme pasaran las semanas. En algún momento inexplicable, debido a la nula o reducida interacción con los demás, los temas de conversación se agotaron o quedaron en lo más profundo, irreconocibles. El aumento exponencial del trabajo nos obligó a comer cuando podíamos, a toda prisa, sin esperar a los otros que se quedaban en el despacho para que hubiera alguien presente. A veces subíamos bocadillos y refrescos para comer delante de los ordenadores. Los recuerdos de esas primeras semanas, en las que charlábamos alegremente, se acoplaron a nuestra experiencia como una broma de mal gusto.

Lo importante ocurrió el segundo día. Un chico de la línea 4, con el que habíamos comido, nos dijo, mientras se ponía de pie y se colocaba correctamente la corbata: hay un ritual de iniciación con los nuevos, en el restaurante mexicano de aquí al lado nos reunimos a cenar el menú más picante; hicimos tantos retos de bienvenida que le pusieron el nombre de "Menú *Despacio*"; si podéis hoy, me lo decís por el chat interno y yo me encargo de todo; invito a más gente para que la conozcáis. Nos miramos excitados porque era el primer plan que nos incluía fuera del territorio de la oficina. Contad con nosotros, respondió el diseñador de mi equipo, habiendo comprobado previamente que los demás asentíamos con la cabeza. Cuando se fue debatimos sobre cómo soportarían nuestros cuerpos el picante. No he probado nunca el picante, pero leí que lo usaban antiguamente para los guerreros, le empastaban hierbas con un poco de picante en las heridas y así generaban adherencia, se acostumbraban al dolor, lo que les permitía soportar mejor las heridas en las batallas, ¿somos guerreros?, dije. Hermano, sabes cosas rarísimas, ¿de dónde sacas esos datos? Yo fui a una taquería una vez y pedí la salsa picante con la etiqueta negra, la que tiene una calavera y unos huesitos cruzados, y la eché en los tacos de cochinita. No sabéis cómo lloré, ¡fue increíble! Pensaba que me iba directo al hospital, dijo el gestor comercial. Mirad, avisamos a Ricardo, somos honestos con él y seguro que hace alguna concesión, aunque no debemos abusar con frecuencia de su generosidad. Si apretamos el ritmo, mañana entramos más tarde y ya está, dijo el aparejador.

Esa noche de la cena de bienvenida, de la cena de los novatos, sobre las nueve, subimos a *El testigo* a darnos una ducha, cambiarnos, desformalizarnos, con la intención de presentarnos con un olor menos añejo. Las risas y las bromas iban y venían, liberadas, se acumulaban desde que nos montamos en el ascensor, el frenesí del goce nos envolvía. Los turnos en la ducha se sucedían y yo decidí ser el último; no tenía nada que hacer, así que trasteé la cama-cápsula y puse las noticias. Habían vuelto las riadas a algunas zonas del país, se temía que hubiera muertos sepultados por los derrumbes de las zonas montañosas. Mi móvil, que estaba en la mesita de noche, se iluminó y apareció un mensaje de Alba en la pantalla:

> *Hace demasiado que no nos vemos ni hablamos, ¿cómo estás? Me contaste lo del nuevo trabajo con un mensaje tibio y encriptado, pero no te has dignado a mandarme ni una sola foto de las ocas, ¿se portan bien? ¿Hacen mucho ruido por las noches? Imagino que por las mañanas no las verás. Bueno, que me lío, te escribía para contarte que me han contratado en* Aalto, *¡todavía no me lo creo! ¡Es que es increíble! No te quise decir nada porque sabes que soy muy negativa, así que no me hice ilusiones. Empiezo de becaria y si consigo ascender, también me darán una casa, aunque por ahora seguiré viviendo con mis padres. Ve haciéndome un hueco que tenemos que celebrarlo, escríbeme un día que salgas temprano, que trabajamos a dos paradas de metro. Da la sensación de que algunos sueños se cumplen. Hay que trabajar con cabeza, sin asfixiarnos, y ganar experiencia, ya formaremos nuestro estudio. Paso a paso. Un beso.*

Me alegraba por ella, pero me hundí en un silencio hosco que cambió mi deseo y mis perspectivas de la noche. La rivalidad que había imaginado y luego enterrado resurgía, pedazo a pedazo, para configurarse como una nueva angustia existencial. Obviamente quería que fuera feliz, pero había avanzado tan rápido, ya estaba un paso por delante de mí... Discutí conmigo, sentado en el borde de la cama, para no hundirme en los celos, para que no se rearticularan mis mayores miedos. No comprendía el valor que ella tenía en ese momento, porque no conocía a nadie que hubiera conseguido entrar allí. Se hablaba de que sólo los fantasmas eran capaces de colarse. ¿Cómo la habían elegido? *Aalto* es un estudio increíble, bastante premiado y reconocido, siempre eligen a personas muy preparadas; mi mente buscaba explicaciones para mantenerse a salvo, pero nada servía. ¿Tan difícil es alegrarse por alguien? Apurado porque llegó mi turno en la ducha, le respondí:

> *Albacete, ¡qué me dices! Me alegro mucho por ti, siempre vas por delante. En* Aalto *entran a trabajar poquísimas personas. Sé que vas a conseguir ascender y vincularte al estudio permanentemente. Este fin de semana creo que ya estaré en la nueva casa, te mando fotos de las ocas para que las veas. Cuando termine de asentarme, hacemos una cena allí. No me olvido: si salgo temprano en alguno de estos días, te escribo y nos vemos. Me voy a la ducha que ya me toca, tenemos cena de bienvenida los novatos. Un beso.*

Antes del mexicano desconocía que el picante se medía por la escala de Scoville, sin embargo, conforme vi la carta del sitio empecé a entender lo que era gracias a las calaveras que acompañaban las ilustraciones de los botes de salsa. Opté por pedir la más ligera dentro de la escala, que tenía un millón de puntos. El rito de los novatos, explicaba el chico de la línea 4, consiste en que vertáis la salsa a cualquier taco, burrito o producto alimenticio que aparezca en la bandeja del camarero, nadie puede echarse atrás. No sé cuánto comí, diría que poco, porque fuimos probando salsas cada vez más picantes hasta llegar a la salsa que habíamos elegido. Con los minutos mi lengua se convirtió en una bestia tibia, casi un sapo, y ocupaba cada vez más espacio; también el aire de mis pulmones disminuía al masticar. A mi alrededor mis compañeros iban a toda velocidad, se abalanzaban sin dudas al siguiente plato y se relamían los dedos con deleite. Era evidente que estaban más acostumbrados. El resto de los comensales apenas se inmutaban. Mi frente se llenó de sudor, me quité el jersey y lo dejé en el respaldo de la silla, no quería pedir ayuda, pero mis ojos ya no enfocaban y creo que bebí agua. Alguien me alcanzó un vaso con leche y me explicó con la boca llena que era para aliviar la sensación de picor. El primer sorbo me calmó, sin embargo a medida que bebía y la leche se mezclaba con la carne, la cebolla y el cilantro, mi barriga empezó a resonar. Me obstinaba en tragar bocados hasta que no pude más. Nadie se percataba de lo que hacía, tenían hambre, su atención estaba irreductiblemente centrada. Me llegó la primera arcada. Me cerré los labios con las manos. Segunda arcada y me levanté para ir al baño. Alguien me acompañó, vomité todo lo que había comido y estuve sobre el suelo bastante rato. Llegaron mis compañeros de la línea y me ayudaron, otros, no sé quiénes, me hacían fotos.

A partir de ese día el resto de los equipos me llamaban *el desnatado*. Nos fuimos de fiesta a un lugar con luces de neón y un tanto lúgubre. En la puerta, que regentaba un señor enorme, decidí que volvería a *Despacio* a dormir. No me veía de humor después de haber hecho el ridículo. Creo que pensé también que Alba avanzaba por delante de mí y no era capaz de alcanzarla.

Me desperté temprano y en *El testigo* no había nadie durmiendo. Al llegar a la oficina los vi a todos trabajando, impolutos, calmados, sin somnolencia. Ricardo se levantó de su silla y se acercó a mí antes de que pudiera sentarme. ¿Hablamos fuera? Ya me han contado cómo te encuentras, al parecer la cena te sentó un poco mal; solo quería decirte que si quieres descansar por hoy puedes hacerlo aquí o en casa, tranquilamente. Te he comprado unos bollos y un café, que te he dejado sobre el escritorio, el azúcar te hará bien. Ha entrado hoy un proyecto nuevo bastante interesante, pero quería verlo contigo primero, tiene muchas posibilidades. Cuando te recuperes lo hacemos, ¿te parece?, dijo Ricardo. Había algo en aquella escena que no terminaba de encajar, ¿su actitud generosa?, ¿la calma en su voz?, ¿el color del pasillo?, ¿que estuviéramos fuera del oído de mis compañeros?, ¿la predisposición? No lo sé… Le dije que no pensaba irme. Entré sin mirarle y encendí el ordenador.[15]

Y la vida quedó en espera, *Despacio* se sirvió otra presa. De un modo complejo, me había integrado y comprometido con el trabajo: compartía tiempo con mis compañeros de equipo, nos desplazábamos juntos, nos escabullíamos para ir

15 *Post-it*: esa determinación fue mi fin. Todo fue mi fin.

al gimnasio o al cine, intentando no dejar a ninguno atrás. Ya no observaba mi alrededor, sino que era un encaje definitivo en la construcción del equipo. Mis primeros amigos. A Ricardo lo incluía también en este ámbito. Nos desplazaron y perdimos el interés y el contacto con nuestras familias. Al poco nos dieron teléfonos de empresa que eran de última generación y estaban conectados a las camas-cápsula; sustituyeron a los que teníamos y al hacerlo perdimos muchos contactos. Yo me sabía de memoria el número de mis padres y el de Alba, así que no tuve problema, como tampoco tenía redes sociales ni nada de eso, me fue fácil. Manteníamos la distancia con lo que había afuera y nadie hablaba de ello; aborrecí a cualquiera que no fuera de *Despacio*, que no estuviera implicado en ese sueño conjunto. Sin exagerar puedo afirmar que nos movíamos lentos, con la intención de controlar cualquier imprevisto, nos volvimos estrategas, leíamos libros sobre guerras antiguas y convertimos a *El testigo* en centro neurálgico de nuestras misiones, incluso le cambiábamos la contraseña de acceso a menudo. Al correo corporativo llegaban actualizaciones constantes sobre la situación de los equipos en el cumplimiento de los objetivos. Fuimos los primeros en actuar: el equipo de la línea 11 nos adelantó y decidimos que el diseñador los invitara a comer; con un gesto servicial, actuando con interés y manteniéndose serio y retraído, les llevó la bandeja de comida en la que había echado un fuerte laxante; se quedaron indispuestos durante días y así recuperamos de nuevo la cabeza. Lo que decíamos en *El testigo* se quedaba allí. Ese espacio que había imaginado hostil, al tener que dormir y estar con cuatro desconocidos, fue modificándose en mi imaginario hasta que lo sentí como si fuera mi propia casa. Una tarde, encontramos a alguien forzando la puerta. Sobre su espalda cargaba una bolsa enorme. Nos intuyó por el ruido del ascensor y salió corriendo. Rápido se puso la capucha de la sudadera; decidimos no perseguirlo. Fuimos el germen definitivo que instaló el plan de *Despacio*. Llegaron los estudios de rendimiento y se demostró que el equipo asignado a la línea 1 éramos los que mejor trabajábamos, los más eficientes, y que la rentabilidad que generaban nuestras rehabilitaciones destacaba en relación con los demás equipos. Decidieron copiarnos las tácticas y empezaron a quedarse a dormir, a vivir en la oficina, lo que ocasionó que se desatara una guerra encubierta en la cantina y en los pasillos. Al poco nos volvimos recelosos y nos cuidamos de no comer cerca de ningún compañero, por si nos adulteraban la comida. Los jefes estaban al tanto de lo que ocurría. Como les beneficiaba, dejaron que nuestra actitud nos arrastrara hasta el perfeccionamiento del trabajo, hasta perder la confianza en los demás. Nos odiábamos en cuerpo y alma. No importaban los insultos que decíamos con una jerga casi carcelaria. Los rumores más crueles mandaban en los pasillos. Pedimos que el servicio de limpieza pasara a cambiarnos las sábanas y los pijamas cada dos días. Nos gustaba el olor del detergente y el tacto de la ropa recién planchada. Nuestros cuerpos dejaron de tensarse por los logos de la empresa, al revés incluso, nuestras cabezas se erguían para disfrutar y mirar lo que íbamos consiguiendo. Las casas se iban pagando poco a poco, aunque no las visitábamos. Somos la élite, hay miles que quieren estar aquí, dijo el diseñador una noche. Más que la élite, somos la hostia, dijo el gestor comercial. Es verdad, nos tienen miedo, saben que no pueden con nosotros, dije yo. A veces, para dormir, nos contábamos historias de superación. La que más me impactó fue la del chico, ya asentado como promesa del tenis, ganador de varios torneos juveniles que, saltándose las restricciones de sus entrenadores y familiares, perdió los brazos en un accidente de moto; sin embargo, nunca se rindió y siguiendo la estela de esa pasión aprendió a pasar el rastrillo de la pista de tierra batida con su silla de ruedas.

Me llegó al nuevo móvil un mensaje de Alba:[16]

*No he vuelto a tener noticias tuyas en ocho meses, ni siquiera me enviaste una foto de las ocas ni me contaste nada de la cena de bienvenida. Espero que estés vivo y que no te exijas demasiado. Esta próxima semana nos tenemos que ver, ¿miércoles cine y luego paseo? Si hace bueno, tomamos un helado. Como no me respondas me planto en tu oficina. Besos.*

¿Ocho meses, tanto tiempo llevaba trabajando en la oficina? Le respondí a Alba excusándome y diciéndole de vernos. Tenía también cincuenta llamadas perdidas de mi madre y un montón de mensajes, en el último decía que estaban pensando en cerrar la tienda de electrodomésticos porque el seguro, después de la última inundación, no le había cubierto los daños de los aparatos rotos, y que ni se me ocurriera llamar a mi padre, que no quería hablar del tema conmigo. Entiendo que su posición como cabeza de familia se retorcía, perdiendo el poco estatus que le quedaba ante

16 *Post-it*: elemento externo de anclaje.

mis ojos. Le tocaba remar y esforzarse, bajar al barro, como lo había hecho yo, sacrificando mi vida entera por un sueño. Pensé que por fin se igualaban nuestros caminos. Mi madre sabía que podía pedirme dinero. Examiné metódicamente el contenido de los mensajes antes de responder, porque no quería precipitarme, porque ya todo era una estrategia y había que digerir antes las posibles consecuencias. Decidí no preguntar cómo iba el tema de la tienda, así que le dije que estaba bien y enfaticé mi carga de trabajo para que entendiera que mi vida, aun siendo agotadora, estaba interrumpida por una felicidad constante.

## *IX: el cine*

El recuadro azulado de la pantalla se volvió negro. Me subí directo a la ducha, no soportaba mi olor corporal, y menos después del día entero sentado en la silla con el estrés, podría haber petrificado a cualquiera. En *El testigo* me esperaban los demás: ¡una cita, una cita!; esta noche seguro que no duermes aquí; y parecía tonto cuando lo compramos; eres un grande, *desnatado*. La prisa volvía rugosas las caras de mis compañeros, me escudé como pude: que no, que no, estáis totalmente equivocados, además, ¿dónde voy a dormir?, ¿en mi casa? Está lejísimos y es una pereza. No surtió efecto este fundamento porque todos empezaron a reírse, cosa que no entendí. Alba y yo habíamos decidido ir a la última sesión de la película para poder pasear tranquilos hasta el cine.

Crucé el vestíbulo y dejé a mis espaldas a los vigilantes de seguridad. La observé antes de que se abrieran las puertas, para no participar ni alterar sus gestos: Alba sostenía su teléfono y oteaba la azotea del edificio. Su figura quieta parecía un accidente entre las aceras de una ciudad tan salvaje. Me vio al salir y se adelantó. La alegría fue enorme, y yo participaba de ella. Te podías haber cambiado de ropa, ¿por qué llevas el traje, melón? Sal, respira, despégate un rato de *Despacio*, necesitas desconectar. Al menos quítate la corbata y la tarjeta identificativa, no quieres dos sogas rodeando tu cuello, dijo Alba mientras me aflojaba el nudo. Me descolgué la tarjeta y se la di. Su bienvenida se completó cuando guardó ambas cosas en su bolso. Bueno, ven aquí, anda, no quiero regañarte nada más verte, dijo dándome un abrazo inmenso en el que permanecimos durante unos minutos. Su olor seguía igual que siempre, me dirigió al pasado, a las libretas de dibujos, a los paseos por el parque, a la capacidad que teníamos de recorrer la ciudad sin finalidad. Me sorprende que esa estampida de impresiones perviva después de los años.

Paseamos tranquilamente, deteniéndonos a mirar alguna pastelería y librería. La conversación rebotaba y rebotaba, anulando poco a poco lo que quedaba a nuestro alrededor. Incluso los árboles, los vehículos, los animales parecían dejarnos en paz. Nos pusimos al día, pero sin profundizar, porque no queríamos vernos obligados a suspender la conversación hasta que acabara la película. Con el transcurso de los meses, pienso que me propuso ese plan porque fue la única manera que encontró para limpiarme por dentro, para que mis pensamientos se rearmaran destrozando el resultado de aquellos meses de encierro y de trabajo. Al llegar al cine, anticipándome a que le mostrara las entradas a la chica de la taquilla, la agarré por los hombros y la miré fijamente: su palidez contrastaba con las ojeras, lo que casi ocultaba sus pequeños ojos marrones. ¿Qué pasa?, preguntó. Nada, perdón, perdón, ha sido un impulso, he pensado que hacía mucho que no te miraba y luego cuando salgamos será de noche, dije. Ella entró antes y yo me quedé con la persona que controlaba el acceso a las salas. ¡Ay, casi se me olvidan las palomitas! Sin palomitas no veo una película, dijo Alba volviendo sobre sus pasos, y se fue corriendo escaleras arriba. Llegó al rato y se sentó a mi lado. No traía nada en las manos. ¿No querías palomitas?, le pregunté. Es que dicen que no venden nada aquí, para no molestar a los demás. Por no haber no había ni un mísero chicle, dijo. Antes de que comenzaran los anuncios, estuvimos extasiados analizando la sala de la película. Nos parecía curiosa porque los baños estaban debajo de la pantalla, cubiertos con unas telas oscuras y opacas que impedían que se filtraran la luz y el sonido de los desagües. Las butacas de terciopelo rojo ascendían ligeramente, y teníamos la sensación de que estábamos sentados en una pequeña colina. Las cabezas apenas interrumpían unas pocas letras de los subtítulos.

Al rato se encendieron las luces, los créditos ascendían desde el regazo de la pantalla, revelando los cuerpos que salían poco a poco de la sala. Un letrero luminoso verde guiaba a los perdidos, debajo había un chico con un polo blanco y una gorra azul, que nos agradeció haber acudido a la sesión. De perfil su cara me recordaba a un compañero de *Despacio*. Dudé si seguir mirándolo y opté por centrarme en Alba, en sus botas.[17] Me invadió una sensación extraña. Fuimos al bar en el que habíamos reservado para cenar. Como ya sabía de otras veces, la conversación sobre la película quedaría para el final de la noche, porque, para ese momento, las impresiones iniciales se habrían transformado en algo más reflexionado, para ese momento las sensaciones con su asombro tendrían

17 *Post-it*: la cabeza abajo, nunca levantar la vista.

ya su propia entidad. ¿Cómo estás? ¿Cómo va el trabajo?, le preguntó.

La verdad es que peor de lo que me gustaría admitir. ¿Te acuerdas cuando te envié el mensaje? Pues bien, llegué con muchas expectativas, entusiasmada, y… me está resultando complicado adaptarme. No tengo encargos completos como tú, sino que ejecuto la misma tarea sobre cada uno de los proyectos; vamos, que me repito hasta la saciedad. Un aburrimiento. Y si tu intención es decirme que vaya a hablar con mi jefe, ni lo intentes, él está como yo, trabaja en bucle, aunque sobre un aspecto más amplio del proyecto. A veces se me ocurren ideas que lo optimizarían todo, pero ya me ha quedado claro que tampoco puedo tener ideas, así que, en realidad, no las tengo, las anulo, las borro, las escondo, las anoto y las dibujo en una de mis libretas donde quedarán escondidas durante años, separadas de su ejecución, dijo. Sacó de su bolso un paquete de cigarrillos y con unos toquecitos apareció el filtro blanco. Lo encendió y suspiró. Reposaba delante de mí un mundo completamente nuevo y desconocido. No le dije nada sobre su salud porque no quería interrumpirla. Aun así, continuó antes de que yo pudiera esbozar una sílaba: encima vivo en un piso carísimo que está muy lejos del trabajo…, si no fuera por mis padres, ni ahorraría. Sí, sí, sé que es temporal y todo eso, que tengo que aguantar hasta que la empresa me ofrezca una casa como a ti…, pero es que te juro que no entiendo nada, ¿dónde están los putos pisos vacíos?, ¿o es que los tienen todas las empresas? Que no puede ser, que no me lo creo. Joder, algo pasa, que nosotros estamos en buenas empresas… ¿cómo hacen los demás para vivir? Quizá únicamente sobreviven.

Y encima... melón, porque no puedo llamarte de otra manera, llego reventada, agotada, y te quedas mirando como un pasmarote mis putas ojeras, como si no tuviera en mi cabeza su existencia, y eso que las disimulo por la mañana antes de salir. Parezco un mapache con rabia. Cuando acabemos de cenar tengo que volver a la oficina porque hay un proyecto que tiene que salir a primera hora. ¿Quién paga estos nuevos edificios, estas reformas inmensas? Es que no puedo de verdad, no me entra en la cabeza, tampoco entiendo ni las ansias ni las prisas ni el quererlo todo ya. Dudo que ninguno de los que nos contratan tenga una necesidad tan urgente. Así, la arquitectura se deshace, se pliega a las ambiciones dominantes, rechaza la lentitud y la reflexión, es pura fuerza bruta. ¿Cómo aguantas tú? Has estado meses sin salir de la oficina y te noto igual, ni resignado ni enfadado ni aburrido. Parece que los días para ti están acelerados, mientras que a mí se me han hecho interminables, infumables, eternos. Obviamente no soy una ilusa y tenemos que tragar para "coger experiencia", para disponer de otras posibilidades de trabajo. Me muerdo la lengua porque ya he dicho muchas palabrotas. No sabes las ganas que tengo de que montemos el estudio y trabajemos los dos juntos, y nos corrijamos, ayudemos, hagamos proyectos parecidos a los de la universidad, consigamos algún premio... No quiero que esa posibilidad se nos escape de las manos, aunque estemos ciegos de cansancio. Es que no sé cómo te trata tu jefe, pero si vieras los gritos, las voces, los malos gestos que me dirigen. Parece que soy tontísima; nada me sale limpio, siempre hay una observación, un inconveniente. Luego lo corrijo como ellos dicen y tampoco les vale, o sea que no se soportan ni a sí mismos. ¿Qué pretenden? ¿Machacarme? ¿Dejarme claro que no soy tan buena? Entonces ¿para qué me contratan? Lo que pasa en el estudio se deriva del ego del arquitecto principal. Es una cadena inmóvil, que nadie rompe: el arquitecto principal abusó, y abusa, de los que trabajaron con él, estos se quedaron y repiten con sus trabajadores lo que ellos sufrieron, "porque solo los fuertes sobreviven en esta jungla llamada vida" y toda esa parafernalia. Por eso nadie aguanta allí más de un año, por eso está lleno de carcamales cuya idea más original se pensó hace cincuenta años, imagínate. No pude ni felicitar a mi padre por su cumpleaños, justo ese día era el último para presentarnos a un concurso y querían que estuviera todo el mundo en la oficina por si había que realizar cambios de última hora; y, claro, no ibas a estar de brazos cruzados, sino de pie alrededor de una mesa o tecleando como si trabajaras; y el problema era que el proyecto tenía errores y yo apreciaba alguno, pero no me hacían ni puto caso…, ya mismo se resuelve el premio, espero que pierdan. Uff, perdón, necesitaba desahogarme, no te he dejado ni intervenir. ¿Qué tal tú? Cuéntame y enséñame las ocas ahora mismo.[18]

Saqué el teléfono y me conecté a las cámaras de vigilancia, la oscuridad de la noche y las luces apagadas no permitían apreciarlas bien. Se disponían a dormir, juntándose en grupos de dos y tres. Alba, escúchame, empecé a decir cuando le tendí el móvil, ¿no crees que sería mejor que habláramos tranquilamente de ti? En plan, que te explayes lo que quieras, tienes cosas importantes que decir o, al menos,

18 *Post-it*: apareció el camarero, solo se dirigió a mí.

esa es mi sensación. Otro día nos centramos en mí, yo no tengo prisa, ahora mismo estoy bien, aunque no vuelva a casa por el trabajo, pero no me pesa, dije. Cogió el móvil y se le iluminaron los ojos por el brillo de la pantalla. Sinceramente, necesito unos días para desconectar, para sentarme en un sofá a no hacer nada, si acaso comer y beber lo que me apetezca y ver una película malísima. No es que no quiera tener responsabilidades, solo quiero aplazarlas lo justo para asumir esta dinámica que me ha cambiado la vida. ¿Te has fijado que las ocas parecen blanditas como un peluche, como un algodón de azúcar? De pequeña me llevaron al centro de rehabilitación de animales y había un montón; hacían círculos y se sumergían dejando la colita hacia arriba. Ya no sé ni lo que digo. Puede que tengas razón, que hoy es el día de hablar de mí. Prométeme que, si te pregunto cualquier cosa, por absurda que sea, me vas a responder, porque es posible que no me apetezca quejarme todo el rato, que necesite un respiro. Tú eres ese respiro, ese espacio sobre el que poder volcarme sin miedo, ¿vale?, dijo sonriendo y achinando los ojos. Asentí, le sonreí de vuelta porque era imposible no hacerlo e intenté desterrar de mi cabeza a *Despacio* y lo que había dejado pendiente, quería disfrutar de nuestro presente.

Hace una semana o así, toqué fondo, apenas veía salida. Esa mañana teníamos que entregar una maqueta de un proyecto. La dejamos bajo una manta para que pudiera intuirse su relieve y la sorpresa fuera mayor. Aparecieron los jefes y se dispusieron frente a nosotros como si fueran el jurado de un programa de cocina. Mi compañero les explicó cómo habíamos atendido a sus indicaciones e implementado las mejoras, los puntos centrales y el resto de los detalles. Quitó la sábana, dejando el proyecto listo para examinarse. Lo revisaron, dialogaron cuchicheando durante minutos y empezaron a sonreír. Mientras los demás se retiraban, el más viejo, uno de los arquitectos principales, se dirigió a nosotros sin borrar su sonrisa: "¿Sabéis lo que esto? Un desastre, algo que habría hecho un niño de un colegio, ¿no os da vergüenza? No veo ni una de las propuestas que os hicimos". Rápido y acostumbrado, agarró un teclado y ensartó la maqueta como si fuera un espadachín: se cayeron las ventanas, saltaron pequeños trozos de materiales y la letra W le pegó en el pecho a mi compañero. Un espectáculo terrible. "Arregladlo para mañana, no quiero volver a ver una chapuza igual u os vais a la calle. Luego os quiero a todos, sin excepción, en mi despacho. Sí, a ti también, y deja de mirarme con esa cara de cordero degollado". Cuando pude darme cuenta, las cabezas habían desaparecido. El chico que había presentado la idea rompió a llorar de impotencia, noté en la tensión de su cuerpo que quería abalanzarse, morderle la yugular al jefe hasta que se desangrara sobre el proyecto roto, pero no lo hizo, recogió las cosas de su escritorio, salió por la puerta y, todavía, no ha vuelto. A mí se me desencadenó un ataque de ansiedad que me hacía boquear, buscando oxígeno. Me debilitaba por momentos, como si estuviera representando un papel poco convincente, caminaba dando arreones. Alguien se acercó a tocarme, pero a mi interior no llegaba nada. Me subí a la terraza del edificio y grité y grité hasta quedarme afónica. No lloré porque me prometí que esos mierdas no iban a poder conmigo. Miré el horizonte y la ciudad estaba preciosa mientras amanecía, las nubes se acercaban desde el fondo, la luz estaba fría, pálida. Luego trepé al muro para ver mejor: la ciudad parecía porosa, un parque de juegos, llena de escondites, de callejuelas, de vidas felices; los cortes de los vecindarios se apreciaban perfectamente, los edificios erigidos como referencia también; el espacio segmentado y hueco, repleto de interiores infranqueables, simulando una quietud perpetua. En una ventana enfrente, a través de ella, vi a un hombre leyendo, sentado en un sillón apoyando los codos en una pequeña mesa de madera en la que estaba ligeramente inclinado, a su lado había una caja de fósforos, apenas abierta, sobre la que reposaba uno recién quemado que minutos antes, quizá, le había servido para encender una vela que titilaba al fondo de la imagen encuadrada, como si el viento se colara de a poco, como si el ventanal no estuviera bien sellado. Llevaba un pijama de cuadros de franela, en el que se distinguían unas manchas diminutas, blancas, quizá de pasta de dientes, que destacaban, a pesar de la distancia, en aquella figura inmóvil que se humedecía el dedo con la lengua para pasar de página. Su expresión no se alteraba y los labios y sus pelitos incipiente de la barba se movían como si entonara la lectura o la retuviera para que no saliera. Esa era mi atención, mi inmediación, el detalle vacío casi continuo del que no era capaz de volver... Hasta que el aire me abrió los pulmones y me secó los ojos, y una lágrima artificial se derramó sobre mi mejilla. No iba a llorar. En ese instante no tenía miedo, podría haber avanzado sin dudar hacia el vacío; me parecía más sencillo dar un paso que bajar las escaleras y volver a entrar en ese despacho con olor a colonia rancia. No pongas esa cara, te lo digo porque ya no sé si es real o no, y darle voz, ponerle palabras a lo que sentí, creo que me ayuda. Dibujé, con un esbozo apresurado, esa imagen casi paradisíaca que me reclamaba con un silencio absoluto, inmenso: mi respiración sosegada era su contraste. No le tuve miedo a la muerte y me extrañó. Esa desesperación inacabada y lenta casi me vacía el horizonte. Me costó volver a parpadear. Recordé, en esa distracción, que las metas no son mi único motor, que también tengo familia y amigos, que me quedan mil cosas por descubrir y aprender hasta que pueda estar orgullosa de mí misma. Pero cuando se me instaló el desasosiego, en mi interior no quedaba ni una pizca de razón, me dejaba ir..., dijo.

Alba..., no sé bien cómo animarte ni cómo apoyarte, lo único que puedo decirte es que cuentes conmigo cuando lo necesites. A partir de hoy, me bajaré el móvil a la oficina y así podrás llamarme en cualquier momento. Siendo honesto, no pienso que la situación que vives se vaya a revertir en el corto plazo, salvo que comiences a darles lo que buscan, así que dependerá, al final, de cuánto quieras aguantar en el estudio y de cómo respondas a esa situación. El prestigio tiene su valor, por eso puede intercambiarse por una posición, por un sueldo, por un proyecto, por un premio, etc., pero también considero que, si te quemas, si la vida se te hace bola, el prestigio, o la intención de conseguirlo, no sirve de nada. Además, lo puedes construir por ti misma, no tiene que venir validado ni por un estudio, ni por alguien "superior", ni siquiera por mí. Tampoco sé qué haría yo en tu lugar..., supongo que aguantar, como hago ahora, centrarme en el trabajo. Y menos aún tengo que ser ejemplo de nada, porque sabes que lo único que hago es ser constante, y eso en sí mismo tampoco es garantía de nada, dije y le di la mano para ver si podía tranquilizarla. Te pido por favor que, si la situación se mantiene y no aguantas, busques otro trabajo o te cojas un tiempo para descansar, un tiempo lento, dije. Asintió con los ojos hundidos. Cientos de cabezas nos rodeaban, bebiendo y riendo, charlando, ajenas a lo que comentábamos. Por las cristaleras del local pude ver el cielo inmenso y negro, me quedé hechizado unos segundos, sentí que podía adivinar lo que se avecinaba.

Que me traten de esa manera anula mi imaginación. No puedo vivir en la tierra de lo real, necesito saltar de una orilla a la otra. Pienso que no se debe medir ni enseñar igual a todas las personas, cada una tiene sus ritmos, sus motivaciones, sus preferencias…, pues no se han dado cuenta aún. Mira, te lo voy a confesar: desde que he entrado a trabajar en el estudio los espacios vacíos me aterran, mi propio pensamiento está bloqueado, siento que no dispongo de criterio alguno. Quizá es que no tengo claras las expectativas de los jefes de *Aalto*, incluso habiendo repasado y analizado sus proyectos más importantes. Cuando estudiábamos en la universidad, podía absorberme en una idea aunque fuera inútil, ¿te acuerdas de esas tardes infinitas en las cafeterías?, examinaba metódicamente su contenido, me interesaba, reaccionaba a ella, la trabajaba hasta altas horas de la noche, me producía un placer especial sobre el que me deslizaba. No tuve bloqueos en la carrera o en el máster porque solía encontrar la solución a los problemas que se proponían atendiendo a las filias de los profesores; en clase observaba los movimientos de sus manos, dónde las detenían, qué señalaban, el tono de la voz de las explicaciones, a qué elementos les daban más importancia o a qué materiales, incluso me fijaba en la cantidad de luz que entraba en los edificios que nos enseñaban;

a veces huía de los grupos de estudio para ir a los departamentos y ver los proyectos expuestos de algunas compañeras premiadas. Va a ser eso, no soy capaz de mirar así, con esa atención que me permitía definir lo que buscaban. Esos días apaciguados, de reflexión, que a veces me permitían iluminar y acompañar una idea, ya no los tengo, porque el tiempo es la referencia que utilizan para facturar los proyectos. El tiempo, el tiempo, el maldito tiempo: trabajo en un tiempo que aniquila la imaginación. La capacidad de abstracción que necesito para mirar está desapareciendo definitivamente, como si se descolgara de mí. Te voy a poner un ejemplo, mira, me mandaron diseñar las ventanas de un edificio; observé la posición del mismo en la salida y la puesta de sol para ver si había otro edificio que lo tapara y la forma en la que incidía el sol en los materiales de la superficie. No tardé demasiado, un par de días, y mi solución creo que respondía bien a los cambios lumínicos y térmicos. Incluso tuve en consideración los futuros terrenos urbanizables que colindan con el bloque, así como las expectativas de construcción y la renta per cápita de la zona actual y futura. Mi propuesta fue automáticamente rechazada sin ninguna explicación, sin poder expresarme ni exponer la investigación ni los motivos de mi diseño. Mi jefe modificó las ventanas, las hizo minúsculas, aunque les mantuvo su forma. Tardé toda la noche en arreglarlas y dejarlas como él quería. Entregamos el proyecto fuera del plazo fijado en el contrato, por lo que existía la posibilidad de que nos penalizaran. No fue mi culpa, yo apenas hacía una parte ínfima, sino que se debió a los parones a los que nos sometía el jefe constantemente. Él, sin embargo, decidió ensañarse conmigo, "las ventanas nos han retrasado, si nos sancionan… ya veremos qué hacemos contigo…”. ¿A quién iban a escuchar, a un jefe asentado o a una recién contratada? Sigo sin comprender bien por qué le caemos tan mal las que hemos entrado nuevas este año. ¿No iría todo mejor si se dirigiera a nosotras sin gritos y sin amenazas?, ¿no sería mejor si pudiéramos hablar? A mí, por suerte, no consigue hacerme llorar, como lo hace con el resto de mis compañeras. Pero es que trabajar con miedo excesivo a fallar… y tan cansada… es vivir aterrada y bloqueada. Al final del día, y como te sucede a ti también, mi trabajo es mi vida por el simple motivo de la ocupación temporal. Hablando contigo me he dado cuenta de que hace mucho tiempo que no dibujo nada en mis cuadernos. Cuando tengo un hueco libre me detengo en actividades básicas como limpiar, ir a comprar, poner lavadoras, llamar a mis padres o quedar con algunos amigos. Incluso me duermo en el metro, a la salida del trabajo, y me salto paradas, lo que me supone llegar aún más tarde a mi casa. El cansancio me va ganando; restringida de casi todo el tiempo de ocio, salvo en determinadas ocasiones en las que los jefes viajan a alguna inauguración o reunión, como hoy, solo me queda un trabajo en el que la imaginación ya no es posible, dijo Alba.

Permití que entrara el silencio un poco brusco. Estiré mi mano de nuevo hasta la suya, y me detuve con el roce. Su brazo derecho sostenía su cabeza inclinada. Mira…, entiendo cómo te sientes, la impotencia y rabia extendiéndose por tu cuerpo cada segundo que pasas, la tristeza… No soporto que no lo vean, a tu potencial me refiero. Y me jode que esto te esté pasando a ti, que en la universidad tenías las mejores ideas. Todavía recuerdo cómo acudían a pedirte ayuda los de clase, cómo te hablaban cuando necesitaban desahogarse. Tú decías la palabra precisa y justa, la cariñosa, la inteligente. Yo no sé hacer eso, me parece una cualidad innata. Eso sí, deberías conseguir un hueco minúsculo para volver a dibujar, porque tu mente y tu inteligencia están conectados a esos trazos sobre el blanco, al recorrido de la punta del lápiz sobre el papel. ¿Quieres empezar ahora con mis manos, como si estuviéramos sentados en clase? Por favor, no te dejes llevar por los tontos de *Aalto*, por muchos premios que hayan ganado. Piensa que va a ser solo una etapa e intenta disfrutar y atender. Pero, si ves que no puedes más ni con el trabajo ni con la vida, no necesitas tomar una decisión por ti misma, podemos pensar juntos, podemos acompañarnos, ir al cine, tomar algo, salir a caminar, buscar, lo que sea... Promete que me escribirás. Y sigue hablando conmigo. No pares nunca, dije.

Bueno, venga, aunque no me apetece dibujar, voy a hacer esbozos mientras, lo mismo tienes razón... pero, perdona que me ría, qué mal se te da ser cariñoso y echar piropos... Eres incapaz de soltarte, y eso que nos conocemos de hace años. Echas un paso atrás al hablar conmigo, como si te protegieras, dijo Alba. El papel pegado a las paredes del local, repleto de hojas de laurel dibujadas, las sillas con los asientos tapizados de un tejido que imita al terciopelo, los colores neutros y las luces tenues convertían el local en un espacio acogedor y nada violento. A pesar de que te incordie, has conseguido reconfortarme, devolverme un poco de confianza y tranquilidad. Y sé que cuento contigo, hombre invisible de aura distraída, hombre que nadie conoce ni encuentra. Me ha hecho gracia el movimiento de tus manitas, parecía que la superficie de la mesa y de la silla, incluso el de la cerveza, te quemaran. Estabas alterado porque querías acertar con tus palabras, y que sepas que no vas a conseguirlo en cada ocasión, habrá veces que tus palabras hieran o no expresen lo que la otra persona espera, y habrá otras en las que eso no ocurra; el punto central es la escucha, que es lo que reconforta: me escuchas, empatizas y me acompañas. Piense yo que tengas razón o no. Al menos esa es mi manera de entender la amistad. ¿Es la amistad la arquitectura que forman dos cuerpos? Es decir, el espacio en el que ambos son sin miedo. Un lugar en el que el suelo y las paredes están acolchados para que el daño de las caídas, el daño que nos produce lo que está por venir, no sea insoportable. Supongo que hay mil definiciones de la amistad… ¿Estás trabajando en algún proyecto interesante?

Me miró con unos ojos que habrían cerrado cualquier herida. Se le notaba menos cansada, su ligera sonrisa era un filo disidente de su cuerpo. Me figuro que hablar, exponerse, tambalearse y enfrentarse a otro juicio era lo que necesitaba. Se reclinó un poco, dejó atrás esa postura rígida que había mantenido durante la conversación; pasando a la diversión, le pidió al camarero una cerveza y un par de raciones. El alivio de su cuerpo me accionó: nos han encargado remodelar un local de dos plantas para que se convierta en una discoteca improvisada una vez termine el horario de las cenas. Hay un juego de fachada y de retiro: desparecen las mesas y las sillas y la sala donde antes había un señor comiendo un filete de pronto es una zona de fiesta. A mí la idea no me disgusta porque es una transición de ambientes, y al no haber modelo o guía por parte de *Despacio,* tenemos que imaginarla. Además, los ambientes no tienen que ser excluyentes, una de las posibilidades es hacer convivir los dos espacios a la vez. No me refiero a utilizar las dos plantas para permitir esa convivencia, sino a que coexistan aun habiendo dos plantas. Parece que es una moda que se está desarrollando en la ciudad. Lo que pretenden es que el comensal se quede, a ser posible, toda la noche, así sigue haciendo gasto allí. Quieren dominar y calibrar las pasiones y el interés. Por lo que tenemos entendido, hay varios estudios buscando soluciones a esta pequeña problemática. Ya sabes cómo funciona..., algo se pone de moda y la forma se repite sin discusión. Es como si se sintonizaran las necesidades, y los cuerpos se trenzaran a través del mismo deseo. En *Despacio* queremos destacar. Los dueños del local dudan acerca de forzar y abrir los primeros, saben que eso les daría la posibilidad de mostrar el concepto, de ser el reclamo de innovación e incluso la posibilidad de asentar una clientela. Por otro lado, han pensado en abrir más tarde y ver los fallos del resto de restaurantes-discotecas para hacer pequeñas correcciones, generando una experiencia más satisfactoria... En esas estamos. Visualmente tiene que ser agradable para que cuando se exponga y se suban vídeos en internet la gente se sienta atraída; el diseñador de interiores del equipo ya ha dibujado unas lámparas colgantes, que caen desde el techo y se abren para la cena, como si fuera una rosa o una medusa y luego pueden recogerse, manteniendo su brillo en lo alto. Creemos que la parte más difícil de encajar es la música porque, si necesariamente pueden llegar a convivir los dos ambientes, hay que "aislarlos", es decir, que la corriente musical permanezca en su espacio y que pueda llegar a comunicarse sin interrumpirse: deben convivir la serenidad y la inhibición. Hemos pensado que, si una canción tiene una duración media de tres minutos, podrían emplearse los dos primeros minutos en su versión original mientras suena en la zona del restaurante. Luego poco a poco se iría sacando de encima la serenidad y transformándose hasta llegar a la discoteca. Una vez allí, se convertiría en otra canción, abandonaría su esencial inicial, para ser bailable. Quizá sería necesario planear o imaginar un hilo musical diferente hasta que terminase el turno de la cena o contratar a alguien muy bueno para que gestione las canciones, dije antes de comerme mi primera croqueta. Por algún motivo esto que acabo de contarte no me importa nada… He pensado que quizá lo que buscan en *Aalto* es que seas arrogante, una déspota, una egoísta, que no te importe herir la sensibilidad de los demás para imponer tu idea, que te consideres la mejor y lo expongas, que tu voluntad subyugue el espacio vacío y los proyectos, y que, después, cuando acabe la jornada y llegues a casa, duermas a pierna suelta, sin preocupaciones ni lamentos; quizá esperan que te comas a los nuevos que han llegado contigo, que seas despiadada. Comprendo que no casa con tu forma de ser y que no te apetezca aparentar o convertirte en alguien que no eres, pero ¿y si esa es la respuesta?, pregunté.

No lo sé, es posible que tengas razón…, pero ¿para qué querrían que todo el mundo actuase igual? ¿Para dirigirlos? Creo que, si cambio mi forma de ser, que es lo único de lo que estoy segura, me adentraría en una ciénaga en la que no podría girar ni moverme. Hay gente capaz de diluirse, de borrarse. Si todos hiciéramos eso, ¿quién vendría a por nosotros? Si nos sumimos en la rueda empresarial, en *Aalto* o en *Despacio*, en un mundo ordenado desde el cansancio y sus intereses, ¿qué sería de nosotros?, ¿cómo daríamos media vuelta? Lo que somos, o lo que soy, se evaporaría sin posibilidad de recuperarlo. Imagina, imagina que decido jugar a ese juego, con sus normas y riesgos, es probable que mis ideas se cierren sobre sí mismas como les sucede a tantos arquitectos que no miran hacia afuera, olvidando el trayecto urbano y lo social de la ciudad. No quiero vivir bajo la soberanía del escaparate y del consumo estético. Quiero que mi imaginación se deshoje con una ligera brisa, no sacudiéndola de forma rítmica; quiero proponer soluciones que mejoren la vida colectiva desde el tejido urbano, aunque sé que es difícil y una zona poco visitada y rentable. Por cierto, ten en cuenta que tu proyecto de discoteca es un espacio ambiguo, así que intenta que no se vuelva estéril en relación con lo que lo rodea; tu visión se ha quedado anclada en su interior, ¡mira afuera! Y, sinceramente, aunque tu situación no sea mucho mejor que la mía, me da envidia sana: puedes pensar, imaginar desde sus modelos y con limitaciones, pero tienes encargos completos donde centrarte y actuar. Viéndote la cara, intuyo lo que me quieres decir: sí, he pensado en dejar el trabajo, en buscar otro estudio o irme fuera del país. Si comienzo la búsqueda… sé que desconectaré del trabajo y rendiré peor, lo que me supondrá broncas y humillaciones más exageradas. Nunca podré ser así, no podría imponerle a nadie mis rumias mentales. Ocurre algo: estoy agotada y voy a darle al estudio otra pequeña oportunidad. Cuento contigo, cuando salga mal… luego desapareceré un tiempo para pensar, para borrar el miedo a los gritos, a las palabras agresivas. Tampoco te pienses que solo me voy a quejar, hay metodologías de *Aalto* con las que estoy de acuerdo y que me parecen interesantes. Al llegar, nos llevaron hasta la fábrica de materiales, nos relacionaron con las vigas, con su proceso de creación, la aleación, su moldeamiento, también fuimos hasta la marmolería, nos enseñaron a tallar una baldosa pequeña, después nos montaron en un autobús, nos enfundamos de protecciones y acabamos el recorrido de dos días en la obra, elaborando el cemento, poniendo ladrillos, transportando cubas con agua o carretillas con restos de escombros. "Tenéis que sentir con vuestras manos, tenéis que saber que esa piedra que trabajáis luego será parte de un muro, de una pared, que es el final de vuestra idea". Es cierto que al dibujar en la oficina podía sentir el peso concreto del material, el tacto. Me sentó bien recordar la frialdad y la aspereza de los materiales, el esfuerzo de construir. Mi mano que siempre ha tenido vida propia estaba hipersensibilizada, las líneas que dibujé ese día recogieron cada movimiento, peso, tono, grosor, dándole a mis dibujos un significado particular. Y, por suerte, son reacios en *Aalto* al empleo exclusivo del ordenador: consideran aún necesaria la vaguedad del dibujo a mano, pretenden que en los primeros pasos de un proyecto el ordenador intervenga lo menos posible, porque no quieren que se pierda la escala íntima entre el ojo y la mano, lo que surge del proceso informático siempre es algo mediado y discontinuo. Aunque para las fases finales, donde se aprecia la sensibilidad y la vulnerabilidad de lo construido, se utiliza para agilizar el proceso, disponer de las ayudas diagramáticas y generar prototipos, dijo Alba.

No sé cómo ocurrió, creo que igual que siempre, pero nos habíamos terminado las croquetas. En la mesa quedaba un plato vacío y las dos cervezas calientes.[19] Me quedé extasiado ante su verborrea. Sinceramente, tienes un don, has analizado rapidísimamente una situación complejísima y te has dado a ti misma una solución que puede ser más o menos viable. Además, es verdad, no me había percatado de que en *Despacio* nuestro trabajo es exclusivamente informático, no hay bocetos ni representaciones volumétricas manuales como en la universidad. Seguro que he perdido mucha capacidad de dibujo y eso me da pena, me pasé varios años yendo a clases para mejorar. Cuando vuelva a la oficina, voy a solicitar que me dejen al menos visitar las instalaciones. Te puedes creer que lo he hecho absolutamente todo desde allí, al menos que sepa sobre lo que voy a trabajar. ¡Eh, déjame comida que yo también tengo hambre! Perdóname por repetirme: voy a seguir aquí a tu lado hagas lo que hagas, le dije.

La conversación fue palideciendo por el cansancio del día. El calor se suavizaba y el alcohol coloreó mis mofletes. Después de pedir el postre, que no pudimos ni tocar, la acompañé hasta la parada de metro que mejor le venía. Me besó suavemente la mejilla y al agarrarme en ese acercamiento, coló dentro de mi bolsillo los bocetos que había dibujado: una oca, mis manos, el señor de la ventana que leía, el plato de croquetas. Entre promesas de volvernos a ver, de no dejarlo tanto tiempo; promesas de amor, de cariño, que se sobreponen al tiempo, que, cuando se cumplen, nos

19 *Post-it*: ¿Alba comió?

devuelven al otro como si acabáramos de despedirnos, como si no hubieran pasado muchos meses. Las promesas que les hacemos a las personas que queremos nos dejan en el mismo punto: donde ella y yo nos tranquilizamos y nos queremos. Al bajar por las escaleras del metro le dije gritando, ¿y la película qué te ha parecido? En su cara se desplegó una sonrisa que habría llevado miles de años reproducir.

# *X: antes de dormir*

Al dejarla en el metro, volví a la oficina a dormir, porque estaba más cerca que mi casa. Las ocas tendrían que esperar. Recorrí la ciudad a través de una claridad ambigua y artificial que iluminaba las aceras. La gente paseaba remontando las ligeras pendientes, un poco echados hacia delante, discurriendo por el tiempo entero, aprisionados entre edificios. Había sonrisas rápidas, reflejos amorosos entre las parejas, un beso, un abrazo, incluso una caricia, que interrumpían la dirección que llevaban y los obligaba a comprobar la ruta de nuevo. Los escaparates se apartaban de la ligera penumbra de las avenidas repletos de maniquís y estímulos y espejos convexos, atiborrados de neones, contra los que chocaba visualmente lo que permanecía detrás, lo que se reflejaba en sus cristaleras pulidas. Después de unos minutos en los que mi cuerpo automatizado recibía, sin dejar de prestar atención, los estímulos de la ciudad, después de unos minutos de extrañamiento y de paseo, de fracciones de segundos, de ladridos de perro, de restaurantes de comida rápida y discotecas, alcancé la entrada de la oficina, de *Despacio*. Y ya me interceptaban las cámaras de vigilancia con su rastreo facial. Poco a poco, al acceder me debilitaba, me embargaba el cansancio, con el cambio de atmósfera, percibiendo una velocidad distinta que venía de las obligaciones o de la cartelería, del espacio plomizo. Una mancha acristalada subía y bajaba a toda velocidad. Me monté en el ascensor y llegué hasta *El testigo*.

El equipo, como si hubieran realizado una conjura interna, me esperaba despierto. Al abrir, me relajó el efecto que desprendían las burlas y risas que me lanzaban, de esas que solo se comprenden en la intimidad y en el hermanamiento. *Desnatado*, ¿dónde has dejado a la chavala? A ver si te la has inventado y lo único que querías era irte sin nosotros, escaquearte un rato, dijo el decorador. Es verdad, ¡nunca nos has dicho nada, bribón!, dijo el gestor. Os equivocáis totalmente, somos amigos de la universidad, nunca iba a suceder nada, no me gusta de esa forma. Opté por dejaros felices con vuestras teorías para desmontarlas ahora, respondí riéndome. Bueno, pues tráetela un día y nos la presentas, dijo el gestor. Venga, prometido, un día hacemos plan de cine, dije. ¿Cine? Por favor, deja de ser aburrido, prepara un plan de comida y luego unas copas, unos bailes, dijo el gestor. Me ha contado que en su estudio los dejan visitar los lugares de trabajo, así que le voy a pedir a Ricardo que nos deje ir al local de la discoteca improvisada y acercarnos a otros lugares para estudiarlos, como "investigación", ¿qué os parece?, dije. Eres un atrevido pero no se pierde nada por intentarlo, dijo el gestor. Hacemos piña, vamos todos, puede que sea más efectivo, ¿o se enfadará?, dijo el decorador. Hubo un asentimiento general que asumía cualquier posibilidad. Se echaron a dormir activando la función sueño de las camas-cápsulas; desde fuera se escuchaba el suave sonido que hacían los aspersores mientras expulsaban en el espacio cerrado las partículas que tenían ese olor agradable y dulzón. A los dos minutos roncaban como pequeños jabalíes. Insonoricé mi cama porque no tenía ganas de dormir y me centré en aquello que habíamos hablado Alba y yo.

Pensaba: es curioso que desde que la conocí siempre hemos tenido este tipo de conversaciones. Da la sensación de que nos guardamos cosas para decir: ideas, impresiones, intereses, sueños, teorías…, en fin, lo que sea. Con los del trabajo no me sucede eso, no sé lo que piensan, lo que anhelan, no sé nada de ellos. Hemos intentado intimar pero existe algo recargado e huidizo en nuestra relación. Estoy seguro de que cualquier inconveniente atravesará ese cascarón vacío compuesto por nuestras fragilidades. Las palabras, lo que nos decimos, se quedan en la superficie, no atraviesan las cosas. ¿Quiénes son estas personas? ¿Cuáles son sus motivaciones o sus deseos? ¿Tienen familia? Nos fundimos en el entorno y, por lo tanto, nos desvanecemos.

Pensaba: lo cierto es que mi relación con ella se ha edificado partiendo de esa clave. Es posible que, si hubiéramos pasado más tiempo juntos, nos habríamos acercado a la trivialidad, a lo común, ¿no? Sin embargo, nuestras quedadas se han definido por lo contrario: por la sorpresa o por el reto. Es verdad que me arrastra su inteligencia, porque me deja sensibilizado y atento, después de hablar con ella al pasear observo la ciudad con más detalle, como si hubiera encontrado el reverso de lo real y las cosas se me presentaran individualizadas; esa ensoñación me deja varios días estimulado. Los laberintos existenciales se me revelan sencillos, puedo ir y venir por donde quiero sin apenas esfuerzo. Con los demás nunca me ha sucedido eso.

Antes de caer rendido, mi mente se desplegó hasta un día cualquiera en la universidad, en el que habíamos quedado Alba y yo para merendar en una cafetería. Sobre el plato vacío quedaban los restos de una napolitana de chocolate, unas servilletas usadas y un vaso transparente marcado por la altura que había tenido el zumo de naranja. En una de las sillas libres que rodeaban la mesa estaba su mochila de cuero con el ordenador y sus libretas dentro. Yo, que había llegado tarde, la acompañaba con una tostada de aceite y una mirada simple en la que no había, aún, nada acumulado. Creo que serían los primeros meses de conocernos. Como odiaba las sorpresas y las interrupciones, le proponía ir a bibliotecas alejadas donde encontrar un libro recóndito o a alguna cafetería interesante para estudiar. Algo así me inventaba para estar fuera del área de la universidad con la intención de evitar a los compañeros de clase. Pero mis propuestas eran irregulares para no levantar sospechas, por eso a veces rondábamos los mismos lugares. Fue el camino que emprendí para forzar un azar feliz. A veces cedía y la dejaba proponer lugares en los que completar nuestros quehaceres.

Se combaba mi cabeza con lo que me dijo Alba sobre la amistad después del cine, la atención estaba ahí detenida y su presencia era un poco insoportable, me sacudía con su propio ritmo.

Pensaba: la amistad se desplaza a través de pequeñas concesiones que nos sirven para situarnos en el lugar del otro. De esa forma, si no eres capaz de empatizar o entender bien las dudas o el sufrimiento de la otra persona, al menos evitas comportarte como un imbécil y consigues cuidar y respetar, porque descifras, gracias a mil momentos de cotidianidad, qué es lo que necesita.

Pensaba: ella cree que nuestra relación es un espacio y yo lo veo más como algo móvil e indeterminado. Pero por asociarlo a algo diría que podría ser una caravana, que también está acolchada y nos permite soportar lo que sufrimos afuera, las inclemencias. Nos imagino a cada uno allí dentro, moviéndonos en la misma dirección a idéntica velocidad, a veces compensándonos, porque uno está cansado de conducir o de cocinar, y otras descompensándonos, girando hacia direcciones inesperadas para descubrir una ruta oculta. En una caravana cabe una relación entera con sus recuerdos y siempre va con nosotros. Quizá alguien se baja para ir a otro lugar y te lo encuentras veinte o treinta años más tarde de forma inesperada.

Pensaba: La amistad, si es un espacio, es un espacio que avanza, que continúa desde el lugar en el que ambos decidimos subirnos, que se adapta a los cambios del terreno, que ofrece resistencia, que ofrece libertad. Dentro de ese espacio va a existir un mundo entero. La amistad podría ser una nube que recubre todo sin que podamos verla.

Despejada la idea que me atraía hacia sí, volví al recuerdo de la cafetería: Alba se chupaba los dedos manchados de chocolate. Un profesor que era un flipado nos había encargado un trabajo en grupo sobre las ideas en la arquitectura. Saqué una libreta para apuntar detalles de la conversación que luego me permitieran un desarrollo fácil del texto. ¿Crees que existen las primeras ideas?, le pregunté en voz alta, obligándome a reflexionar sobre esa tontería. Se limpió los labios y la barbilla con una servilleta: no sé a dónde llevar el tema, la verdad. Quizá el mejor camino es pensar desde lo general e ir matizándolo hasta relacionarlo con la arquitectura. Yo creo que no existen las primeras ideas como elemento aislado, sino que esa "primera idea" surge de un enlace de elementos, de condiciones que se conectan en mí o en ti de manera inconsciente y acaban dando un resultado concreto. Entonces, eso que se vende como exclusivo –en el mercado textil es una tendencia que se observa bastante, con sus tiradas limitadas o sus colaboraciones entre marcas–, no es más que la unión de otras ideas que antes fueron exclusivas. Sin embargo, creo que hay ideas a las que podríamos denominar prehistóricas que trajeron cambios inmensos. El fuego, una casualidad de la naturaleza. La rueda es una copia de lo que hacía el escarabajo pelotero. Si estamos en un conjunto social, no sé bien cómo llamarlo, y nuestro lenguaje y relaciones se inscriben ahí, es decir, entonces, que estamos dentro de un marco, ¿cómo va a existir una idea primera? Imagina que no se hubieran descubierto el hormigón o el cemento. Es posible que alguien llegue al compuesto o a la fórmula para su creación con el tiempo. ¿No se descubrían cosas idénticas a la vez a miles de kilómetros de distancia y sin ninguna conexión? Desde que surgieron el lenguaje y las matemáticas, no existe lo nuevo. Pero nos obligan a creer lo contrario, porque da dinero y porque es más fácil controlarlo. Lo exclusivo adquiere así un valor desorbitado o se vuelve un fetiche para aquellas personas con apetitos difícilmente saciables. ¿La exclusividad siempre es posesión?, preguntó.

Puede que tengas razón, pero hay que aterrizar lo que pensamos. Si asociamos tu propuesta a la materia, es fácil afirmar que la arquitectura nace de la línea. Pero la línea la trazó el horizonte y luego la dibujaron a la entrada de una cueva en las paredes para representar a las primeras personas y luego empezaron a verlas en todos los lugares. Cualquier idea en la arquitectura es una representación de lo natural que se retuerce para demostrar la implicación del hombre. Eso es lo que significaría, ¿no? Podría estar de acuerdo en lo que dices... Nos convirtieron en pirañas cuando alguien decidió que las ideas tenían que registrarse para sacarles dinero: ideas que surgen de lo colectivo pero que solo alguien con determinada capacidad económica puede llegar a hacerlas tangibles. Por ejemplo, podríamos poner en el trabajo que, cuando fallece un pintor, sus obras se revalorizan, si tienes una firmada y es única, sabes que no hay posibilidad de que nadie más la tenga. Aunque con la inteligencia artificial reproducir o copiar es mucho más sencillo, incluso el texto o el trazo son casi indistinguibles de los originales... Oye, la inteligencia artificial es la reunión de todas las ideas, de la colectividad, ¿no? Entonces, ¿qué es la primera idea?, ¿la imaginación?, ¿una forma de ver el mundo irreproducible? Eso significaría que cada persona tendría ideas únicas o "primeras". Joder, esto es dificilísimo. Yo qué sé, Alba, ¿en qué piensas que ni me miras?, le pregunté.

Perdona, es que tengo otra vez hambre,[20] me voy a pedir unas tostadas, por eso del dulce y salado, dijo y se levantó hasta la barra para ordenárselo a un camarero que acariciaba

20 *Post-it*: ¿la vi masticar alguna vez?

al gato de la cafetería. Yo aproveché para ir al baño y cuando volví ya había terminado su segunda merienda. A ver, cuando afronto un proyecto, la forma no es lo primero que aparece en mi cabeza, sino la línea: recta, nunca como base. Sola en mitad de la página, empezando a dirigir mi mirada hacia un punto que todavía desconozco. Reclama la atención, admitiendo su condición de señal luminosa. Luego la línea siempre se amplía, encuentra a su siguiente conector y al siguiente y acaba apareciendo la forma definitiva del proyecto por la acumulación de líneas –que después habrá que escudriñar técnicamente para aproximar los resultados finales de materiales y mediciones–, ocasionando un engarce complejo que dejaría de funcionar si una de las líneas fuera eliminada. Sin embargo, no siempre es así, en la gran mayoría de las ocasiones en las que la línea aparece (porque podría ni siquiera existir) se queda sola, como si fuera un animal en peligro de extinción, la conservo en su espacio y la dejo en una hoja vacía a la que titulo *varias direcciones*. Esa línea no encaja hasta un determinado momento en el que conecta con lo colectivo. Esto lo vamos a poner, porque hasta que tú no lo has dicho, yo no había caído. La imaginación es individual y social a la vez. Hay una conexión involuntaria, aunque tenga trabajo detrás. Me había preguntado mil veces sobre la soledad de la línea y su conexión con el proyecto. He pensado que quizá la no aparición de más líneas futuras se debía muchas veces a una incapacidad técnica por mi parte o a un desconocimiento de la solución (que también). Por lo tanto, nuestro proceso de creación no está tan ligado con la construcción o expansión como con el borrado; lo que surge de la primera línea son otras líneas que borran lo que sobra, la morralla interna, lo que no nos permite ver. Así la arquitectura se asemeja más a la escultura quizá. Quizás este enfoque le parezca interesante al profesor, dijo.

Todas las ideas son adaptaciones de una inicial o primigenia, una natural. Vamos a ir por ahí, propuse. ¿Diferenciamos entre idea primigenia e idea reparadora? Bueno, no me gusta mucho lo de reparadora, mejor compositora. Si la solución está parcialmente dada siempre, aunque no seamos conscientes, la siguiente idea que se le enlace es compositora: armoniza, distribuye, recoloca, adapta las condiciones impuestas por la primera. La imaginación es compositora. Y nos surge así otro debate aburridísimo, ¿es mejor la que mejor se adapta? ¿Es mejor la que soluciona el problema? ¿Es mejor la que estéticamente sea más novedosa? ¿Es mejor la que mantenga la esencia histórica o la que la destruye y la reformula? Es curioso que a veces el vacío traiga más vacío, pero en otros casos no. Prefiero mil veces Materiales a Filosofía de la Arquitectura. Quiero también dar de una vez Urbanismo y Estructuras 2, que he escuchado que es la más interesante, dije.

¿Qué dices de Materiales? Estás tonto, de verdad. Materiales sintéticos, materiales naturales, materiales compuestos... me dan escalofríos solo de pensarlo. Es la asignatura más aburrida de la carrera, la que no le gusta a nadie. Haz un último apunte: errores artísticos. Creo que suceden cuando alguien intenta imponer su voluntad a una forma/idea que se escapa. Oye, dicen los de clase que van a tomar algo ahora por la zona de la facultad, ¿te vienes? Nosotros ya sabemos más o menos desde dónde partir. ¿Cuántas páginas dijo? ¿Diez? Mañana nos ponemos sin falta y lo terminamos.

Además, trabajamos rápido, sentenció Alba y se giró para pedir la cuenta.

No sé por qué me llegó esa conversación a la cabeza. Ni siquiera recuerdo qué nota sacamos en ese trabajo absurdo. Reviviendo estos momentos, me doy cuenta de que fui feliz y no lo sabía. Mis ansias de competición no me permitieron disfrutar de su compañía lo suficiente. Es un desastre. Creo que a veces me he obsesionado por cosas absurdas. Justo antes de dormir recordé que no tenía ni siquiera una foto con ella. Con los demás tenía miles, a veces cuando quedábamos me las enseñaba y se producía una envidia soterrada a la que nunca le presté atención. Le escribí un mensaje antes de activar la función de dormir de la cama-cápsula:

> *Albacete, para que no se me olvide cuando me duerma: la amistad es un espacio, sí, pero se parece a una caravana. Ya te desarrollaré esta teoría, porque va para largo. He estado pensando porque no me podía dormir. Te digo: tenemos que hacernos una foto, no tengo ninguna y no sé por qué hoy me molesta. Descansa, y ya sabes que cuentas conmigo. Me bajo el móvil a partir de mañana al despacho. Un beso.*

## *XI: El Ganso*

Con el nuevo estudio, Alba y yo fuimos contra una ciudad que se deshacía, porque el espacio pensado y el espacio habitable no encajaban, se escindían. La vida pública se había convertido en una herencia de la que estábamos excluidos. Ocurría lo más simple: la privatización. ¿Cómo desterritorializábamos ese ensamblaje? Habíamos forjado un pequeño pacto para intervenir gratuitamente: si se derrumbaba o se quedaba desierto un edificio, o si un parque estaba descuidado o abandonado, nos reuníamos y analizábamos lo que podía hacerse. A veces alterábamos la fachada, abríamos huecos en el interior que modificaban las características del espacio inicial, sustituíamos las carpinterías, construíamos columpios, aislábamos las paredes... Pero no imponíamos, nos volcábamos en la descomposición de la identidad: nuestra y del edificio. Hacíamos justo lo contrario de lo que habíamos aprendido en *Aalto* y *Despacio*. Actuábamos desde la contradicción. Los que vivían allí o en los alrededores nos ayudaban. Fuimos contando con electricistas, fontaneros, carpinteros, ebanistas, cocineros, limpiadores... Esas relaciones trazaban una red y una comunidad que persistió después, que persistió en nuestra ausencia. Era todo un eco, así lo pienso, en el que nunca llegábamos a existir. No queríamos obligar a nadie a habitar un lugar que hubiera surgido exclusivamente de nuestra imaginación. Creíamos que esos espacios eran pequeñas ciudades, porque se habían construido desde la imaginación de muchas personas, porque eran un diálogo que había sido ignorado, porque crecían dentro de lo que ya se había construido. Perfilábamos, partiendo de una idea de Alba, una interrupción de la armonía entre los propios elementos del interior y exterior de los edificios. Hay una agresividad que pasa desapercibida en esa estética y en esa claridad visual, eso fue lo que aprendí. Al final, fue un proceso lento y duro, de compañía, con una implicación exhaustiva en cada punto de la construcción, con soluciones que buscaban la utilización de materiales de poco impacto medioambiental y que armonizaban con lo exterior, con lo que les rodeaba.

Sobrevivíamos gracias a otros encargos más sencillos y a la ayuda de los padres de Alba, que nos financiaban. Por desgracia, duró apenas unos diez años. Nos peleamos sin querer. Esa autoridad coral desde la que habíamos trabajado, que partía del consenso, los acuerdos y muchas conversaciones, se diluía dando paso a nuestras dos individualidades. Estábamos destruyendo el origen del estudio. Además, algo extraño sucedía allí dentro, el local parecía poseído por un fantasma, las cosas cambiaban constantemente de sitio, donde antes estaba mi silla y mi escritorio, luego había una mesa de reuniones; si no tocaba nada, a la mañana siguiente volvía a estar diferente; con los proyectos sucedía lo mismo, si yo hacía un arreglo para un baño, después lo descubría alterado, en lugar de un plato de ducha había un bidé, los grifos se movían y las paredes de repente tenían alicatadas unas piezas horribles. Semana tras semana, aunque hablábamos, por la extrañeza y para excusarnos de los movimientos fantasmales, dejamos de coincidir, unas veces Alba iba a una obra y yo a otra y así. No coexistíamos. Me hundí con los reproches de los jefes de obra, que también sufrían cambios y actualizaciones. Las casas y los pisos se modificaban en plena construcción, como si fueran la vivienda de unos feriantes:[21] la cocina por el salón, una habitación más y una menos, perdíamos un armario empotrado y ganábamos una litera, etc. El estudio que levanté con Alba se había vuelto algo perturbador e indescifrable. Nos mirábamos confundidos y ninguno era ya feliz. El sueño estaba en plena demolición.

Me desperté sudando y angustiado, una voz profunda me atravesaba. El pijama estaba empapado. Agarré la botellita de agua y me la bebí de un tirón. Llevaba demasiado sin tomar cerveza, tenía una resaca como un camión. La noche había sido horrible, aun habiéndome acercado al futuro que anhelo. Creo que me sobresalté cuando Alba desapareció de mi lado, se mudaba pero nunca me decía a dónde. Miré a mi alrededor y no había nadie en *El testigo*. Aproximé mis pies al suelo y el frío me incrustó una tiritera permanente. Fui rápido a la ducha y me detuve en el espejo a mirarme: la cara de un desconocido. Mis ojeras eran tan profundas que se podría haber enterrado un tesoro en ellas. Las líneas de la mandíbula y el mentón se remarcaban por la palidez y la tensión de la piel. Si me viera de noche una persona

21 *Post-it*: en cada ciudad un estilo, una vida.

con astigmatismo, se asustaría, nadie está acostumbrado a los zombis. Deslicé hacia bajo mi mirada, aun en el reflejo, y recorrí mi cuerpo: el pecho estaba hundido y las costillas resaltaban como un dinosaurio enterrado. "Tengo que comer bien durante un tiempo", pensé. Lo extraño es que no hubiera colapsado. Revisé el teléfono, sin respuesta de Alba; lo puse en sonido y lo guardé en el bolsillo. Al menos habilité la posibilidad de cuidarla en la distancia.

Al salir de la habitación decidí que debía investigar los proyectos anteriores de *Despacio*, aquellos que se habían realizado sin modelos ni patrones. Me frustraba embarcarme en algo sin tener una idea previa. Básicamente necesitaba que la discoteca fuera lo mejor que podía imaginar. Al acceder al ordenador, entré en las carpetas y fui hacia atrás en el tiempo, un par de años solamente. Como se mantenía el mismo orden que nosotros aplicábamos fue fácil identificar modificaciones y cambios y ver cómo se iban adaptando los encargos. Pero siempre, en todos los casos, el último archivo, el que modificaba el jefe de equipo y se entregaba al contratista para su ejecución, estaba sellado con una contraseña. Intenté adivinarla sin ningún éxito. Pasé a revisar nuestras carpetas, en las que también existía una versión definitiva de los proyectos revisados por Ricardo, una versión modificada tal y como indicaba el peso del archivo, que era distinto al que yo le entregaba.

Me afané en esa investigación. Intenté sacar los documentos del servidor para trastearlos pero tampoco pude. Ricardo justo había salido a por un café y me acerqué tembloroso a su escritorio. Rebuscar entre las hojas amontonadas me angustiaba. Intentaba dejar cada papel en su sitio para que no sospechara, aunque algunos se escurrían o se daban la vuelta. Con la tensión no me había percatado de que su ordenador estaba desbloqueado. Puede que la confianza lleve a estos errores. Ante mí se abría una nueva angustia. Investigué rápido mientras me presionaban las miradas atónitas de mis compañeros. Por favor, dije, que vigile uno y me avise si aparece. ¡Estás loco! Nos van a despedir a todos por tu culpa, dijo alguien. Fui directo al mismo archivo al que había intentado acceder minutos antes. Saltó el autorrellenado de contraseña y pude abrirlo. A simple vista, aun dándole una mirada apurada, no había gran diferencia entre el que yo había entregado y el definitivo, salvo por una pared en la que aparecía una puerta que antes no estaba. Me extrañó. Decidí abrir otro: ocurría lo mismo, una puerta oculta insertada entre los muebles de la cocina. ¡Ya viene, ya viene! ¡Cierra, cierra!, dijo el gestor que corría hacia su silla. Dudé y me quedé inmovilizado. En mi mente se organizaba un interrogatorio amenazador que acababa conmigo en la calle. El decorador se levantó y me abofeteó la cara. Vuelve en ti, dijo. Nos sentamos atropelladamente en nuestras sillas. Los minutos transcurrieron con una lentitud inusitada. Ricardo llegó y puso el café sobre su escritorio, ordenó los papeles con parsimonia, sorbió el café caliente y se centró en trabajar. La escena era extraña por la rigidez que desprendían nuestros cuerpos. Era incapaz de deslizar el ratón con tranquilidad, desde fuera seguro que parecía un maniquí o una estatua. Mantenía ese apuro irracional e inevitable. Con las horas conseguí desprenderme de la sensación, sobre todo al percibir la relajación de Ricardo. Pero seguía sin comprender por qué hacían aquellos cambios que no aportaban nada.

¿Se lo pedirían los clientes? ¿En todos los casos construían la misma puerta? ¿Es posible que siempre nos contratara la misma persona? ¿Para qué querían una puerta oculta? ¿A dónde daba la puerta? ¿Para qué la utilizarían? ¿En las viviendas de alquiler también la mantenían? ¿No se darían cuenta los residentes? Esas prerrogativas y dudas eran un proceso cerebral liberado. El enigma se volvía más denso cuanto más lo pensaba. Intenté reconducir mi actitud para hacer que no me importara. Entendí que la discoteca improvisada sería pura imaginación y nada más. Eso era en lo que me tenía que centrar. ¿Aparecía después la puerta oculta? Todo era un misterio. Cuando volví en mí y dejé de teclear, no había nadie más a mi alrededor. Todos se habían marchado a cenar y dormir.

A la mañana siguiente, llegué al despacho impoluto, arreglado con mi traje azul marino de las ocasiones especiales, aunque tarde. Recuerdo que vi a través de las cristaleras a los demás trabajando. No noté la tensión pero sí una sensación extraña, que se dobló en el aire y me inundó los pulmones con un gas irrespirable. Me ahogaba, ¿tan difícil es pedir algo? Ricardo, perdona que te moleste, una cosa, he estado pensando…, siempre dependiendo de lo que tú opines, por supuesto, que… ¿qué te parecería que el equipo visitara el local de la discoteca improvisada? He pensado que como no existe un modelo ya trazado, como sucede con otro tipo de rehabilitaciones o reparaciones, si visitamos el lugar, quizá se nos ocurra una mejor manera de afrontarlo, o quizá nos surja una idea recóndita, de esas escondidas que te encuentras de casualidad en la ducha o en un paseo por el parque. Me gustaría que pudieras darnos ese voto de confianza. Es solo un día de exploración, de conocer el barrio, de observar si la gente se detiene o sigue, si entran personas en la tienda de al lado o hay un restaurante de comida rápida por los alrededores... Quiero que en esta ocasión podamos reflexionar sobre el espacio externo que rodea el local, dije. A ver, chicos, atendedme un momento. Entiendo que él es quien plantea la idea pero sé que andáis todos detrás. Os conozco bien, no mandaríais a nadie a preguntar o proponer sin apoyarlo antes. ¿De verdad que no tenéis suficiente con los informes de situación y el material del que os dotamos? Mi equipo tardó más de un año en visitar un local, y pienso que tenéis mejores documentos e imágenes que las que nosotros recibíamos, dijo y se mantuvo en silencio esperando una respuesta que no llegó. ¿Y no te parece extraño que no podamos visitarlo? Lo digo por mí, que al decorar necesitaría saber más detalles sobre el espacio y los clientes, dijo el decorador. Ricardo lo ignoró, así que su pregunta se volvió invisible y acrecentó aún más mis dudas. El primer apartamento que visité fue por una urgencia: tuvimos que replantear todo el proyecto porque uno de los techos se derrumbó por una humedad que no aparecía en los informes. Cuando entré había un olor extraño que lo inundaba todo. No el típico olor enmohecido que genera la humedad, sino uno más profundo, más espeso, casi transportable. El operario que me acompañaba golpeó con una escoba el resto del techo humedecido y acabó por venirse abajo. Delante de nosotros quedaron esparcidos tres cadáveres y varias ratas y cucarachas. Hui, no lo dudé, corrí tanto como mi resistencia me permitió. Cuando conseguí serenarme volví al apartamento, aunque llegué asfixiado y entumecido. El cadáver era de un gato que tenía la familia que vivió allí, que se quedó escondido y dio a luz cuando ya no había nadie. La suciedad y las bacterias acabaron con la vida de los gatos recién nacidos. Al parecer, la madre murió por una hemorragia provocada a los pocos días por un desgarro que sufrió durante el parto, dijo y se volvió a detener en un silencio que dotaba de solemnidad su historia, parecía que rezaba por aquellos gatos. Continuó: sé que lleváis varios meses[22] trabajando los fines de semana y sin apenas descanso. Bueno, es posible que sea una recompensa interesante… Os libraré de proyectos y tareas un día entero. A cambio es obligatorio que cumpláis con dos cosas: la primera, que tú, valiente, le pidas permiso al Ganso para que os deje ir, su autorización es necesaria para salir del edificio por causas de trabajo; segundo, quiero el mejor resultado de vuestra vida, porque si el proyecto sale bien, el bonus será increíble. ¿Podéis prometerme eso? Respondimos sí al unísono, entonando como si fuéramos un regimiento. Luego a la vez el equipo dijo: ¡gracias, Ricardo!

La experiencia de Ricardo, su anécdota, alimentaba una pista que yo seguía sin haberla percibido. Una pista profunda, apartada, que ladraba desde lejos. Una fiebre efímera hacía que me sudaran las manos profusamente. Rastreé torpemente en mis bolsillos buscando el teléfono, necesitaba desahogarme con Alba, escribirle. Ella estaba en mi mente y la ocupaba casi entera, era su tierra, su dominio, aún sin ser consciente. Acaricié el móvil como si la rozara hasta que me relajé. No podía ponerme a llamar o abandonar la oficina recién llegado, porque podría haber activado la alarma de mi

22 *Post-it*: era la segunda persona que remarcaba el tiempo.

jefe. Lo que contó no tenía ningún sentido: nadie abandonaría a su gata al mudarse, y menos si estaba embarazada. Ahí estaba la señal fundadora. Ni siquiera yo había abandonado a las ocas: las vigilaba cada día por las cámaras, buscaba al líder y lo controlaba, le escribía a los cuidadores, veía cómo se movían libres por el césped, me deleitaba con su indiferencia. Reconocía una corriente que me devoraba, que me llevó hacia la primera intuición.[23] A esa intuición le enganché varias ideas y pensamientos, alguna acción también. Abrí el mapa online de la ciudad y busqué los últimos sitios sobre los que habíamos trabajado. Por suerte, internet no se actualiza tan rápido, los cambios de las ciudades tardan en volcarse, necesitan nuevas imágenes que se consiguen con vehículos y satélites. La ciudad avanza y no espera, resiste hacia adelante, a pesar de estar saturada de pantallas enormes para alquilar. Encontré varios edificios que parecían abandonados: uno estaba quemado en los pisos superiores, otro que habíamos convertido en oficinas era un bloque de viviendas, otro lo volvimos un hotel… Una sensación me contrariaba, era extraño que se quedaran lugares vacíos en zonas tan concretas y de forma casi constante. En una ciudad tan grande es lógico que, por temporadas, eso suceda, pero ¿por líneas de metro? Nuestra carga de trabajo siempre era continua como un martillo pilón… Lo que encontré no presagiaba nada bueno. No es común ni siquiera en la universidad trabajar sobre tantos proyectos a la vez, aunque al final uno se habitúa y deja de sospechar una vez entra en el mecanismo; se cumplen órdenes, se automatizan los procesos, no se discute, no se piensa.

23 *Post it*: desplazó aquello en lo que yo creía.

Aproveché el protector de la pantalla del ordenador para investigar sin preocuparme, así que seguí rastreando, no centré la mirada sino que hice una búsqueda más general, en periódicos y otras páginas, ponía el nombre de las calles y luego la palabra "sucesos". Me aparecieron noticias sobre desahucios, sobre incendios intencionados, sobre amenazas, sobre hostigamientos... Estaba contemplando cómo una estampida venía hacia mí. Un señor, que se centraba en teorías de la conspiración, recogió en su página web casos similares acaecidos en varias ciudades, adjuntando fotos y vídeos de personas desesperadas llorando en la calle o de locales ardiendo con llamaradas de color azul; tras un análisis extenso, llega a la conclusión de que se están construyendo refugios antiatómicos y anticlimáticos por parte de las élites económicas y políticas aprovechando los túneles ya creados para las líneas de metro. Vacilación, descompensación corporal, mareo, náuseas: todo en tres minutos. Respiré y respiré, no podía saltar ni hacer aspavientos. Podía volverse en mi contra, ser yo el afectado, y necesitaba saber más. Lo que había a mi alrededor temblaba. Intenté serenarme y me centré en trabajar. No quería creer en lo que decían los periódicos ni en un conspiranoico de internet, pero hay situaciones en las que un pensamiento se condensa de evidencias y te aplasta con su propio peso. Finalicé un informe, del que no se me traspapeló ni una coma, y se lo puse a la firma. Había retomado mi tranquilidad y me mostraba gélido ante lo que sucedía. Lo primero siempre es que el trabajo esté bien hecho. Ese instante fue el que aproveché para ir a buscar al Ganso.

Evité preguntarle a Ricardo dónde podía encontrar al Ganso. Imaginé que estaría en las plantas a las que no teníamos acceso. Fui al baño a pensar un poco y a respirar. Me encontré con un chaval de otra línea y lo saludé sin obtener respuesta. Parecía que el lenguaje estaba viciado. Ni las fórmulas más comunes de la educación se mantenían. Lo cierto es que ya no nos solíamos relacionar con el resto de equipos. La competitividad era el motor de nuestras relaciones; lo que se ha construido teniendo ese sentimiento como base convierte a los demás en meros objetos, en piezas descartables sin sentimientos, sin naturaleza. Supongo que así nos veíamos entre todos. Éramos peones, comerte a uno te permitía avanzar de casilla. Los jefes intentaban evitar a toda costa que esa tensión escalase, mientras que al mismo tiempo nos agobiaban con el rendimiento.

Estuve un rato mirando la puerta cerrada del baño. Intentaba serenarme sentado sobre la tapa del váter. Había comprendido lo que debía hacer. Salí al pasillo y, por primera vez, me pareció horrible. La tensión me agudizaba la percepción. Los carteles propagandísticos me angustiaban y tuve la premonición, mientras lo atravesaba, de que me vigilaban, de que las cámaras me seguían, que se giraban con cada movimiento que hacía.

Bajé a la recepción del edificio. Fui hacia el jefe de seguridad, con mi tarjeta identificativa al cuello. ¿Sabes dónde puedo encontrar al Ganso?, pregunté. Me miró a los ojos y atisbé allí en el fondo de su cansancio algo de ternura, la ternura que le tienes a un animal recién nacido. Chico, los gansos siempre nadan en el estanque, dijo. Me quedé a cuadros, en fuera de juego, no quise insistir ni volver a preguntar. La noción de que me vigilaban no aminoraba. Aprovechaba los giros del pasillo para mirar de reojo a las cámaras. Volví a mi puesto a seguir trabajando. ¿Tengo que pasar una adivinanza para encontrarlo? Tal vez sea un filtro o un juego, pensé. ¿Lo has encontrado?, me preguntó el diseñador. Los gansos siempre nadan en el estanque, dije en voz alta, para reflexionar y tratar de reírme un poco de mi suerte. ¿Y no te has acercado a verle?, dijo el decorador. ¿A dónde?, pregunté. *El Estanque* está antes de terminar esta calle, el bar que hace esquina, que es super castizo, con servilletas por el suelo y parece que la comida es siempre la misma. Si lo miras mucho puede que incluso la barra y las mesas se deshagan, dijo. No tenía ni idea, así que le di las gracias y salí corriendo. Todos remamos hacia el mismo lugar.

Accedí a *El Estanque* y al hacerlo pasé a integrarme en la propia adivinanza: la solución suele ser siempre la más simple y obvia , una vez que se comprende lo que ha sido apartado, es decir, el enigma. ¿Era el Ganso un juego de palabras? Pensé en la frase. Me interrumpió el camarero para preguntarme si iba a tomar algo. Lo ignoré. Me ignoró. Las adivinanzas son parte de la memoria colectiva y se transmiten de forma oral. Podría haber otra respuesta: el que más berreara tenía que ser el Ganso. Había, a ojo de pájaro, cerca de quince personas. Ninguna se parecía a un Ganso. Uno llevaba una camisa con un símbolo de oca en el pecho, así que me acerqué. Hola, Ganso, me han dicho que para pedir el permiso para visitar el local tenía que hablar contigo, dije. ¡Niñato, qué dices de ganso, tú sí que eres un ganso, imbécil!, gritó. Cogió sus aceitunas y su vermut y se fue a otra mesa. Al moverse, el espacio de su cuerpo dejó a mi vista un hombre sentado que no paraba de reírse. Me señaló con la mano. Probablemente no sirves para detective, siéntate,

¿tomas algo?, dijo. No, gracias, estoy trabajando, respondí. Por lo que veo no tendrás demasiado trabajo si estás en un bar, dijo y me alargó su mano: Alfonso Ganso, jefe autonómico. Encantado, soy el arquitecto del equipo asignado a la línea 1, del equipo de Ricardo. Vengo a solicitar su permiso para visitar el lugar de la próxima obra antes de empezar con el proyecto. Considero que es importante que podamos relacionarnos directamente con el espacio y no a través de informes e imágenes. Quiero el mejor rendimiento y que el resultado de nuestro trabajo sea perfecto en la medida de lo posible, para eso tengo que ir allí porque, a diferencia de otros proyectos, no hay modelos para seguir. Es un local muy amplio y necesitamos investigar la distribución concreta del sonido. Una amiga mía me ha dicho que en *Aalto* acuden a los locales para tener un concepto más próximo del espacio, más tangible o visual, dije. Chico, chico, ¿dónde vas tan rápido? Aunque me gusta tu entusiasmo y tu cortesía. Te han educado bien, chaval, pero para ahí. Vamos a conocernos un poco más, ¿no te parece? Al menos si quieres hablarme como lo haces con un colega. Tus fórmulas no me sirven, porque están revestidas para darme una orden. No te envalentones tanto, recuerda que aquí no eres nadie. Así que no me digas cómo tenéis que hacer el trabajo ni me des consejos como si fuera tu colega. ¿El nombre de tu amiga, la de *Aalto*?, dijo. Lo siento, señor Ganso, no quería imponer nada, solo expresaba mi punto de vista. Mi amiga se llama Alba, acaba de entrar allí, es de mi promoción de la universidad. Y supongo que la eligieron porque fue el mejor expediente de mi promoción y porque es muy inteligente, yo ni me acerco a lo que consigue. Y siento que piense que tengo prisa, pero es porque no me gusta perder el tiempo, porque también estoy perdiendo dinero y la posibilidad de pensar e intentar cambiar un poco el mundo. No puedo detenerme demasiado, los proyectos se acumulan y las correcciones también, dije. O sea que estar conmigo es perder el tiempo. No se te dan muy bien las conversaciones, chico. Al principio me has engañado, pero ya te voy pillando. Es muy complicado entrar en *Aalto*, por lo que he escuchado hace años que no fichan a nadie nuevo. ¿Consideras *Despacio* un escalafón por debajo de *Aalto*? Mira, para que te quede clarito, chico, aquí entran los mejores de sus promociones, de la universidad, es decir, aquellos que, de una forma u otra, son unos prodigios, dijo. Yo también tengo que volver al trabajo, y como tienes tanta urgencia puedo concederte el permiso, pero a cambio tienes que hacerme un favor, ¿estás dispuesto?, preguntó. Claro, siempre que cumpla su palabra, yo cumplo la mía, dije. Me alcanzó una mano pequeña y dulce reinada por un gran anillo de oro con forma de ganso. Rotaba con sus dedos el vaso de cerveza que había sobre la mesa, dejando una marca circular. Usó una servilleta para secar el culo del vaso antes de dar un sorbo y la arrojó al suelo después de hacerla una bola. Le faltó acariciar a un gato negro o a un loro como los villanos de las películas. Bien, chico, bien, podríamos decir que te soporto. Veo también que te falta autoestima, esto lo cambiaremos entre Ricardo y yo, así que no te preocupes. ¿Hablas con los encargados de tu casa? Llevan bastante tiempo cuidando a las ocas, desde que se instalaron en esa casa, así que haz lo que te digan y ni se te ocurra darles problemas. Sinceramente, el favor por el que me estás rogando es más grande de lo que tú piensas, porque la petición no forma parte de la política de *Despacio*, por lo que la autorización la concede el Director… Mira, vamos a empezar por algo sencillo, dijo. Temblé por la incertidumbre, porque me había reconocido rápidamente y por lo que arrastraba del día. Comprometerse con una petición sin saber nada… es arriesgado, y más si la persona que lo está proponiendo parece un mafioso, pero para sobrevivir un día más en esta jungla hay dos opciones: o comes o te dejas comer.[24] Llamó a Ricardo en ese momento y me exoneró de trabajar el resto del día. Verás, chico, verás, ¿te parece bonita esta época? Ya sabes, hace un poco más de calor, es agradable salvo cuando diluvia. En este antro no venden mi postre favorito. Quiero que esta noche me traigas una tarrina mediana con helado de chocolate y mango de *El Laboratorio.* Te espero aquí, ordenó.

> *18 de agosto*
> Hoy el horizonte es un estúpido que habla. Ayer: ya lejano blanco casi transparente me rompe. ¿Cómo se extirpa mi descubrimiento? Hay maneras y maneras pero no en esta soledad trastabillada. ¿Y Alba? Podría confesarle este descenso que puede ser una cuestión de Estado. ¿Es necesario vivir entre contradicciones y sufrir? Pertenezco a la exhausta condición del ser humano: un destructor de mundos. Y, y, he contraído una deuda que es conveniente devolver. ¿Para qué?

24 *Post-it*: siempre hubo una opción impuesta, me dejaron soñar a veces con que tenía iniciativa, que mis propuestas eran consideradas y que aportaban valor. Trabajé creyendo en esa dimensión, incluso a veces era feliz. Era justo lo contrario.

Para trasplantarme en el éxito. La tentación burda de pertenecerme alguna vez. Y de cualquier cosa soy capaz para eso. Me ajusto, me ajusto a este sobrevivir, a este futuro repleto de maravillas y campos secos y fruta seca y edificios secos. Todo así, en agonía. Hablo de que alrededor no hay otra respuesta... ni en la intimidad. La propuesta de paz es un falso cadáver y supongo que eso trae consigo un cementerio (alguna gravedad). Todo así, en una plenitud que cede su lugar... que expresa un horror... hasta mi autopsia. Tintinea, tintinea el orgullo entre los disfraces, grotesco. Los batracios de esta charca no miran entre los huecos. Eso es: fácil el despiste. Eso es: nos inclinamos.

Podría haberlo dejado aquí, pero interrumpo la línea de sucesos para añadir sensaciones que no fui capaz de atender por sorprendentes. Realmente, la visita constituyó el inicio del fin de la vida que tanto empeño había puesto en conseguir. Hoy, aún a pesar de seguir encerrado, digo: me arrepiento de haber solicitado la maldita autorización. ¿Mi sueño a cambio de descubrir una actitud abusiva de la empresa para con los demás? Al menos creo que por ese lado no merece la pena, me habría callado, habría seguido trabajando allí incluso sabiéndolo, habría seguido haciendo las reformas, habría mantenido mi compromiso por seguir formándome hasta conseguir algún premio. Alcanzar un sueño siempre conlleva renuncias, y yo lo habría hecho. ¿Cuántos éxitos se construyen a base de aplastar a los demás? Quizá no es la forma óptima, pero es una de ella. Hay que ser fuerte mentalmente para soportar eso, para ponerte a ti siempre por delante. Si no hubiera sido por lo de Alba... ¿Tanto se puede volver una simple autorización en tu contra? Cobra sentido aquel refrán que decía: no se muerde la mano que te da de comer. Si no hubiera sido por lo de Alba, no habría sacrificado nada, llevaría todo a la espalda, sin ningún problema. Lo tenía tan fácil..., como no veía a los perjudicados..., sus ojos perdidos, su desesperación. Ahí la distancia era la salvación. La distancia me protegía. Aquí desde el presente... es una broma de mal gusto, un chiste mal contado, pero inevitable. A mí solo me importa Alba.[25]

Lo que sentí, venía escribiendo, era que esa prueba de supervivencia, ese ligero riesgo, la amenaza, me parecían interesantes. Sometían mi vida a una nueva verificación. Esa fue la razón por la que decidí recoger lo que sucedía por escrito. Un día después corría y huía. La suerte, el azar, es el nombre que utilizamos para quejarnos cuando no entendemos algo que ha sucedido. Entregar un puto helado fue la hazaña fundadora de mi fin. Un error inocente del que intento hacerme cargo.

La petición me pilló desprevenido, porque conforme avanzaba la conversación intuía el riesgo que su cuerpo desprendía, y que me pidiera algo tan simple... en fin. Los gestos y habilidades del Ganso provenían de la confianza que le otorgaba el poder: de decidir a quién aplastar, a quién promocionar, etc. Su facilidad para obligar era natural y periódica. Lo que ordenaba ya incluso migraba hasta otro cuerpo con un simple chasquido de dedos o con una mirada. Él era un engranaje clave de la jerarquía de *Despacio*, y se aprovechaba

25 *Post-it*: ¿o yo mismo?

de ello, de la ventaja que le otorgaba su posición, él nunca se bajaba al barro a meter las manos en la mierda. Yo era inocente entonces, por eso mi cabeza durante la conversación imaginaba e imaginaba, había completado su petición, antes de que me la dijera, con miles de escenas turbias de películas: un robo, vigilar a su hijo una noche, acompañarlo a una cena en el casino… Al vaciarse de palabras, su cortesía constante me atronaba dentro, mi cuerpo entendía que lo que había delante de mí era una bestia salvaje domesticada. Y me pidió un maldito helado. Conforme me di la vuelta para marcharme, sentí que sus dedos y sus pupilas me seguirían durante el día. Estaba (y estoy) seguro de que las cámaras ya me grababan. Pero bueno, inocente, me relajé al pensar que la entrega en público disminuía el riesgo, cometiendo así otro error. Sentí alivio y confié. Al salir de *El Estanque* reflexionaba sobre el verdadero problema: cómo llevarle la tarrina sin que se derritiese el helado. *El Laboratorio* según el mapa estaba a cinco kilómetros. Mi intención era entregársela impoluta; esa era la verdadera razón por la que quería evitar a toda costa que se perdiera una gota de helado, o que se derramara y acabara resbalando por la tarrina, dejándola manchada y con restos azucarados de chocolate. Los contenedores de corcho, que usan para empaquetar los helados para llevar y que conserven su temperatura el máximo tiempo posible, no me valían, porque solían ser más grandes que una tarrina mediana. El espacio no ocupado[26] por la tarrina produciría un incremento de la temperatura y derretiría el helado. La solución a la que llegué era sencilla: solicitar medio litro de

26 *Post-it*: el vacío.

helado, para que estuviera compactado y pedir una tarrina mediana vacía. Llegué a pensar en regalarle el medio litro de helado, aunque esto seguro que lo habría entendido como una ofensa o un incumplimiento de lo pactado, de insubordinación o incluso de peloteo. Sortear la instrucción, buscarle un sentido que se aleje de lo obligatorio, no cabía en esa tarea. Antes de ir, debía comprar una cuchara para hacer bolas de helado, de esa forma le prepararía la tarrina en la puerta de *El Estanque*. También cogería de *El Laboratorio* una cucharilla y un par de servilletas con el logo. Solución perfecta, solución torcida.

## *XII: red de espías*

La felicidad constante es inaudita e inapreciable, así que lo que sentía por aquellos días debería ser otra cosa. Estaba alienado y alineado con ese sueño o delirio colectivo que era *Despacio*. Me sentía bien, en un estado apacible, y lo demás se volvía innecesario. Pero desde ahí es imposible mirar.

Ahora que estoy escribiendo, percibo un misterio atroz en lo que está por venir, en lo que ya he vivido. El tiempo opera sobre los hechos. Siento que estoy en un lago y veo, en la orilla de enfrente, una bestia hambrienta de fauces gigantescas. Crujen tanto las palabras que temo llamar su atención, indicarle mi posición, que vaya a por mí. Al respirar, la tensión crece y crece. Hay muchos inconvenientes predispuestos, inexplicables, que pueden llevarme a la ruina[27] si me despisto. Intento mantenerme amarrado a mí mismo, evitando deslizarme hasta el delirio. Sin embargo, tengo que acabar con el estado de alerta: atento, reacciono al mínimo ruido, si escucho de fondo pasos o el ascensor deteniéndose en mi planta, me pongo en posición de defensa, alzo el filo

27 *Post-it*: a la muerte.

del cuchillo contra la puerta. Me estoy alejando de la realidad, lo noto, tengo que tocar tierra. Sé que es su sistema, *Despacio* es capaz de cualquier cosa, es un ente que lo abarca todo, tentacular. Ya, incluso, intuyo ciertos eventos del futuro porque habito en el miedo. No hay ningún lugar en el que estar seguro o al que huir.

Hace un día que me percaté de que apenas me queda comida y una bolsa de frutos secos. Me siento cansado y extenuado. Para sostener la escritura[28] y este run run constante necesito alimentarme. No puedo retrasar más el viaje al supermercado. Debería comprar un café más fuerte y algo de leche esta vez, pero la tiraré si se caduca, no puedo enfermar, si voy a la farmacia o al médico me van a rastrear, estaré perdido; sé que tienen controladas las redes de acceso. He estado tentado de interceptar a alguno de los repartidores que traen comida incluso en los días más lluviosos, pero ese pensamiento solo pertenece al hambre, al olor que desprenden los platos calientes. Me hundo, me hundo, apenas me queda dinero debajo del colchón, lo justo para hacer una compra grande y reservar un poco.

*Despacio* ha desplegado por la ciudad su red de espías. Cuando comprendí que seguían mis pasos, me procuré una defensa, un escondite. El coche de las lunas tintadas sigue insistiendo, no ceja en su empeño y mantiene su rutina tan marcada. Casi al mismo tiempo, estoy seguro, aunque tardé más en apreciarlo, comenzaron a merodear por los alrededores del piso en el que me oculto dos chicos adolescentes. Mi mirada desembocó en ellos porque siempre caminan co-

28 *Post-it*: y su descubrimiento.

miéndose un helado. Además, suelen sentarse en un banco que les otorga visión directa a mi ventana. Más tarde, con los días, comprendí que se turnaban: el coche vigila lunes, miércoles y viernes; los chicos, martes, jueves y sábados. El domingo descansan, pero intuyo que habrá otro espía vigilando, quizá uno que pasea un perro con mirada distraída o que está vigilando el edificio desde un lugar que yo no puedo apreciar. Incluso las conversaciones de los viejos con el periódico y los churros bajo el brazo me parecen sospechosas. Su plan para encontrarme es tan perfecto que solo podré huir con otro plan igual. Que impliquen a dos adolescentes es la confirmación de que no tienen escrúpulos. Quizás sean hijos de algún trabajador de *Despacio* asociado a esta zona. ¿Quién no ansía buscar a un fugitivo enclenque y débil? ¿Quién no quiere ser protagonista? ¿Quién no quiere ser reconocido? ¿Qué línea de metro hay cerca, la 9? Seguro que me dibujan como un malhechor con ansias de destruir la empresa… Los dos llevan gafas, la montura es bastante ancha así que tendrá incorporado un sistema de reconocimiento facial, por lo que, aun sin haberme visto la cara, podrán dar conmigo. Pienso que sus disfraces son bastante acertados, ya que se han alejado de la rigidez que deriva de la acumulación de detalles, son simples: camiseta de tirantes, a veces con una sudadera si hace frío, con unos pantalones cortos holgados de un equipo de baloncesto, llevan una pelota que se pasan y a veces juegan usando las papeleras como si fueran un aro: ¡tres puntos!, dicen y corren por la acera para celebrarlo; de esa forma controlan el movimiento de los edificios. Ambos llevan mochilas y nunca las abren. Es casi seguro que dentro hay una pistola paralizante o unas esposas para cuando me encuentren. Ahora que represento el arquetipo de la extrema delgadez, debido al desgaste de la ansiedad, cualquier placaje o pelea con un espía acabaría con mi vida.[29] Los adolescentes están tan implicados con su papel, que incluso los días de lluvia, aun sabiendo que se han cancelado las clases y los partidos de baloncesto, pasean por delante de mi ventana comiéndose el helado. La lluvia los deshace, calentándolos, dejando su cara llena de churrestes y un rastro de color y sabor por el suelo. ¡PERFECTOS ACTORES! ¡QUE LOS PREMIEN!

Para alejarlos de mi pista, mantengo encendida la luz que está sobre la cama y con un mecanismo de cuerdas y rollos de papel higiénico muevo las cortinas o subo y bajo la persiana; a la vez, desde la acera, pueden ver mi perfil leyendo en la silla o mientras me ato los cordones en otra ventana. Siempre les obligo a mirarme en posiciones que impiden apreciar mi cara nítidamente, sin interrupciones. Como buscan a un fugitivo solitario, mi misión es evitar desesperadamente cualquier motivo que me conecte a la soledad; también canto, lleno mi voz de ondulaciones armónicas, replico una voz ajena a mí.

He elaborado un plan para ir a comprar sin que me detecten: las franjas horarias. Si salgo cuando ellos no están... La idea fue creciendo poco a poco hasta hacerse insoportable. ¿Es posible que haya otros espías o los mismos pero disfrazados de otra manera? En las películas de detectives que le gustaban a mi padre incluso usaban perros adiestrados para rastrear el olor. No puedo pensar en eso. Morirme de hambre me ha obligado a enfrentarme a mí mismo. El plan se

29 *Post-it*: entregarse sin dudarlo.

estructura en la confianza, en la confianza en otras personas. Arriesgo mi rigor y mi distancia, mi coraza. He inspeccionado con entereza las posibilidades y he montado un operativo previo a la actuación: aguzando el oído tras la puerta anoté las rutinas de los vecinos de esta planta, con sus horas de entrada y salida, sus pasos, los chirridos de las puertas, si van solos o acompañados, si tienen animales, etc. Controlarlos, saber sus rutinas, junto con el resto de ideas pueden permitirme ir a la compra tranquilo. Pero aquí solo escribo sobre el pasado, no sobre el futuro. Luego me devuelvo a la escritura, si todo sale bien.

El acontecimiento: sin inconvenientes. El acontecimiento: me acerqué al piso del primer vecino que, según mis apuntes, que me sirvieron como prueba suficiente, solía estar por las mañanas y celebraba con efusividad los resultados de su equipo de fútbol. Fui hasta su puerta temeroso y llamé al timbre. Descorrió el cerrojo y mi aspecto lo llevó a un lugar repleto de miedos, porque la puerta nunca terminó de abrirse. Con su cabeza asomada entablamos la conversación. Para no inquietarlo me hice el recién mudado, introduje algo de mi vida ficcionada y le conté que había perdido la cartera con la mudanza. Dejé la puerta de mi piso abierta para que viera de dónde venía, justo en diagonal. Con un ligero movimiento, otorgando la distancia que la situación requería, volví hasta mi piso, para interceptar la puerta, que yo cerraba tirando de un hilo. Puse una silla para sujetarla. Perdón, que casi se cierra por el viento, dije. Nada, no te preocupes, creo que no hemos coincidido ni en el ascensor, dijo. El instinto de supervivencia hacía que mi pie quisiera meterme dentro del piso. ¿Otro espía? Pero me mantuve firme. Soy como un fantasma, trabajo casi siempre de noches y estoy recién llegado, respondí y continué, como no he encontrado la cartera he bloqueado las tarjetas y no puedo comprar nada, no sé si podrías hacerme el favor de pedirme una maquinilla de afeitar, en unos días tengo una entrevista para otro trabajo y quiero ir más decente; mira, te he traído el dinero que cuesta la maquinilla y así cuando llegue me la das, terminé. Le di un importe superior porque no podía calcular cuánto costaba exactamente la maquinilla. El chico se volvió amable de pronto, parecía que sus reticencias quedaban en un segundo plano. Al notar su reacción me tranquilicé. Creo que antes no era tan perceptivo, puede ser que el miedo me agudice los sentidos. Aceptó mi plan y me dejó su teléfono móvil para que encargara el modelo que más me interesaba y estuvo durante un rato criticando a los bancos. Me excusé diciéndole que necesitaba descansar antes de volver al trabajo, que ya quedaríamos para conocernos más. Y al cerrar mi puerta me sentí ligero, como si hubiera atravesado un río pantanoso. Utilicé la misma estrategia, para que nadie pudiera sospechar, con el resto de vecinos, ejecutando mi plan en horas donde los demás no estaban. No podía permitirme que me descubrieran solicitando objetos diferentes con excusas diferentes a personas diferentes.

Plan ejecutado: una red de pedidos en camino en los que no aparecía mi nombre por ningún lado. Esos días me aventuré y estuve asomado a la ventana, me ensimismaba atendiendo a los accesos de los repartidores, que aparcaban sus furgonetas en la calle. Por suerte, había redondeado los horarios en la primera parte del plan y los vecinos llegaron a entregarme los paquetes como preví. El ritmo de sus pasos por el pasillo me permitía distinguirlos. Abría la puerta, como una exhalación para evitar que estuvieran presentes mucho tiempo, para evitar que hablaran frente a la puerta y a alguien le diera por cotillear. Las frases que intercambiábamos nunca conducían a ningún sitio, estaban vacías, eran un artefacto. Sobre la mesa en la que escribo reposaban todos los objetos: la peluca no me sirvió de nada, me producía unos picores horribles en la cabeza y su color era tan distinto al de la imagen que la tiré a la basura; las gafas de sol de ciclista me cubrían la cara casi por completo; con la maquinilla me hice un corte estilo tonsura y al abrir el claro circular de mi coronilla observé que se desparramaba una constelación de lunares que podría haber dibujado un miniaturista aficionado y con los que me tuve que reconciliar porque desconocía su existencia; lo último en llegar fue el disfraz de monje, con su hábito con capucha, un rosario y un cordón que servía como cinto.

Por suerte, después de estas incursiones de proximidad, nunca me convertí en objeto de estudio ni de profusión de una amistad que me habría costado mucho derruir. Al final los vecinos me han ignorado. Pensé en encargar así la comida, por separado, pero podrían haber dudado o negarse con tantas latas de conserva y comida precocinada.

Respecto a la segunda parte del plan, opté por no anticipar las anomalías de lo que me podía suceder, solo bajaría a comprar. No dudé, por primera vez en un tiempo. Me vestí con el hábito, me até el cordón a la cintura y dejé que la capucha me cubriera la cabeza, en la mano derecha cargué el rosario. En el espejo lo que acontecía era un delirio. Las exigencias del hambre fatigaban tanto mi cuerpo que me movía lentamente, contrastando con la velocidad de los coches, los pájaros y los vecinos. Un sol brillante imponía sin criterio un ambiente agradable. Las gafas de ciclista casi envolvían mi cara demacrada. Estaba tan protegido como un recién nacido que acaba de llegar al mundo: mi nuevo nacimiento. Esa mañana el chófer no estaba y tampoco bajé en el horario de los jugadores de baloncesto. Aunque eso no me impedía estar alerta: en silencio recorría con mis ojos las caras de todas las personas con las que me cruzaba, ejercí la descortesía a diestro y siniestro. En ese mundo posible que recién empezaba, creí en lo divino para garantizar mi éxito y mantenerme con vida.

La impaciencia de mi cuerpo inútil incubaba una desesperación que se desató en mis movimientos al entrar al supermercado. Recorrí los pasillos bajando los párpados a veces y extendiendo las manos como si rezara. El rosario se volvió esencial para la credibilidad de mi disfraz, sus oscilaciones atraían la atención, desviándola de mi cara. No puedo estimar cuánto tiempo pasé allí, el suficiente para que cambiaran los clientes a mi alrededor. Vacié las estanterías de comida precocinada y pedí a los trabajadores que acudieran al almacén para traerme más suministros para los necesitados. Esta comida es para los afectados por las últimas inundaciones, todavía no han recuperado sus casas y no pueden comer otra cosa, le dije a un viejo que me seguía de cerca. Esa distracción me obligó a enfilar alarmado el pasillo de la caja. Tiraba con mis brazos escuálidos de los dos carros de la compra, cuando una mano se enganchó a mi hombro. En los escasos segundos que tardé en girarme recé al creador y benefactor de la humanidad. El futuro se volvió aterrador y el presente, endeble.

Visioné entre temblores, perdí mi naturaleza. Padre, Padre, por favor, escúcheme, dijo un señor tan bajo que parecía que solo tenía cabeza. Asentí, cerré los ojos, le agarré firmemente las manos y lo llevé hasta la zona de los productos de limpieza en la que no había nadie. He pecado, Padre, hace dos semanas me dejé llevar por un calentón en la cena de empresa, después de unas copas nos fuimos a cantar a un karaoke, allí reté a un duelo a una compañera, ella eligió la canción…, la letra decía cosas un poco subidas de temperatura y nos acercamos gracias a ese ritmo que cambió la realidad…, en la última frase, Padre, cruzamos nuestros brazos, como esas personas que se casan y lo hacen con las copas de champán, y cantamos frente a frente hasta que se diluyeron los últimos compases de la canción y nos besamos…, el vistoso engaño de taparnos la cara con los micrófonos fue útil ante una audiencia ebria y sin voluntad; cualidades que yo también tenía y que me llevaron a hacerle el amor a esa mujer en los baños del bar; un error, Padre, gravísimo, pero cosa de una vez, se lo juro, Padre, créame; luego, al llegar a casa con mi mundo al revés, no fui capaz de contárselo a mi mujer que dormía plácidamente; ¿qué hago, Padre? Libérame de esta carga; no sé cuánto podré soportar la invasión febril de esos recuerdos en mi memoria, los movimientos, los gestos del engaño, la saliva de otra mujer, su olor, su cuerpo, su perfume; Padre, me espera el divorcio, la desgracia, la vergüenza; he faltado a mi voluntad, a mis votos de casamiento; ¿qué hago, Padre?, dijo llorando el señor-cabeza. Le agarré las manos y nos pusimos de rodillas. Le obligué a que pegara su frente al suelo frío del supermercado. Hice un gesto de tres con los dedos, anudé sus manos con mi rosario y lo dejé allí. Recayeron en él los rezos y el perdón de sí mismo. Lo que entendiera de mi silencio se le clavó como un cuchillo, porque antes de pagar, volví la vista atrás, y seguía en la misma posición. Por su postura parecía que reverenciaba a las fregonas y los cepillos testigos de su confesión. El cielo azul era tan azul que desee cruzarlo entero, de árbol en árbol, hasta el fin, hasta donde se corta el día y empieza la noche. Volví determinado a escribir, a punto de doblarme en dos.

Horas después, cuando ya me había comido unos nuevos fideos instantáneos, vi paseando al señor que se me había confesado, abatido y arrastrando los pies, desgastando sus suelas y los adoquines de la acera. La ausencia de nubes permitía al sol infligir a esas horas un calor inasumible, las sombras de los árboles parecían una bendición. Se sentó en un banco de la acera y estiró sus brazos, torciendo su cuello hacia atrás. Pude verle una señal roja en la frente y que aún conservaba mi rosario entre sus manos. Por la esquina giraron los jugadores de baloncesto, botando su pelota, simulando su despiste habitual. Al pasar frente a él le echaron en una gorra que tenía apoyada sobre el banco un par de monedas. Comprendí que *Despacio* había dado conmigo, la conexión entre el pecador y el espía se consumó delante de mis ojos. Me hundí en la esquina más alejada de la habitación, acurrucado, para intentar que nadie pudiera encontrarme nunca.

## *XIII: lo que está por llegar es el miedo, no el futuro*

Aun en los momentos en los que no escribo sigo pensando en lo que escribiré. Estoy construyendo una historia dilatada, a cuyo final no quiero aproximarme porque intuyo que, si lo hago, o incluso resuelvo de alguna manera esta corriente de hechos que me ha encerrado en una habitación minúscula, es probable que el miedo y cualquiera de sus variantes, tanto superficiales como ocultas, se desencadenen y pasen a integrarse en mi realidad de forma continua. Aunque dilato acercarme al desastre, lo cierto es que me miento a mí mismo: el miedo conforma mi vida, por eso me escondo, por eso me disfrazo, por eso huyo, por eso lloro desconsolado, por eso soy incapaz de comer, por eso no puedo mirar por la ventana. Al huir de *Despacio* y encerrarme a escribir solo he pretendido que los hechos nunca lleguen al futuro. Ese pequeño salto lo que consigue es evitar mi obligación de afrontar lo que ha sucedido. Quizá deje la historia abierta, quizá abandone… Dejaré de escribir para que mis palabras no me reconforten, para no volver a trazar los sucedido, para no conmoverme. Y si empiezo a escribir otra vez, volveré al principio, a narrar la misma historia, ¿podré dejar de escribir? Acudí al recuerdo…, lo evoqué… y ahora no quiero salir de ese mundo en el que Alba y yo éramos felices y el trabajo me prometía un futuro repleto de éxitos. Y es que cada segundo que pasa lo tengo más claro: el último punto de este texto terminará con mi vida, de una forma u otra; ¿sería capaz de olvidar, abandonar a Alba, buscar otro oficio, cambiarme el nombre, irme de la ciudad, esconderme en una cueva? Si lo hiciera de esa forma, si dejara atrás mi historia, el miedo, al menos, no podría recorrer este cuerpo con tanta libertad.

Ya no sé bien ni lo que digo, el cansancio y el estrés me están afectando. Mi misión siempre ha sido clara…, para eso adopté cada una de las medidas. Me zancadilleo para no volver al diario, para no ir a por ese helado. Espero que las pistas, los nombres, las indicaciones sirvan para alguien más valiente[30] que yo. Estoy seguro de que leerá este texto y podrá resolver los enigmas que me rodean. Si hace todo bien, si desbloquea las claves del texto, se dará de bruces con los fantasmas, con esa red invisible o inapreciable que rodea al Ganso y a *Despacio.* Y podrá desmontarlos.

Últimamente pienso en mi madre. Hace meses que me buscará por sus propios medios, rastreando desconsolada las pistas que le fui dejando por la ciudad. Imagino que estará triste, incluso abatida. Al huir de *Despacio,* cuando saqué el dinero del banco, fui a comprar agua a una tienda, un bazar chino o un pakistaní. Le pedí por favor al dueño que la llamara y la citara en el local. Le dejé varias instrucciones y un *post-it* con una oca dibujada, un número y una flecha: el nú-

30 *Post-it:* soy un cobarde, soy un cobarde.

mero indicaba la cantidad de pasos que tenía que dar hasta el siguiente lugar que contendría otra pista, así hasta que la ciudad ejerciese como guía; la flecha, la dirección que tenía que seguir desde la puerta del bazar. Dejé claro y cristalino que no podía visitar nunca las oficinas de la empresa… Confío en ella, sé que me hará caso y sé que sus movimientos, como sus gestos, estarán cargados con la lógica y el amor de una madre. Ese sentimiento, aunque me haya comportado como un imbécil, es inextirpable. La intuición materna le permitirá dar conmigo o con el texto. Pensándolo bien, me apena que no pudiera visitar mi casa ni viera las ocas. No me lo dijo directamente, o lo mismo sí y no le presté atención, pero le hacía ilusión ver las ocas. Cuando yo era pequeño, solía visitar el centro de rehabilitación de animales dos veces al año. Discutíamos porque en el colegio me habían enseñado esa nomenclatura y no la antigua: zoológico. "Se piensan que una palabra puede cambiarlo todo, que una palabra oculta lo horrible que es tener animales enjaulados". A pesar de esas exhortaciones, se mantenía fiel a su rutina, y yo solía acompañarla. Llegábamos antes de la apertura porque temía las colas, a veces nos adelantábamos incluso una hora. Luego salíamos los últimos, cuando nos echaban los cuidadores del recinto. Se sentaba en los bancos, con su vestido de flores y las gafas de sol. Se pasaba horas y horas observando a los animales de las películas y de otros países a los que nunca pudo viajar. Es el mecanismo que encontró para moverse, a pesar de estar encerrada en la ciudad. Nos hacíamos fotos con boas blancas y amarillas, con loros de colores magnéticos sobre los hombros, con cebras despeluchadas, que luego comprábamos en la tienda. En el aparador del salón estaban todas colocadas, expulsando de su lugar las fotos familiares. Mi madre con un oso hormiguero. Mi madre con una anaconda. Mi madre acariciando un cocodrilo. Con su móvil hacía fotos al pico de los tucanes o al cuello de las jirafas. No hablaba, no expresaba nada, pura concentración. Pero el *zoom* de su cámara me servía como referencia para medir su entusiasmo. Esa fascinación casi infantil no se extinguió nunca hasta que cerraron, tras las inundaciones, el centro de rehabilitación de animales. Era su pequeña obsesión. Quizá, esa sea la razón por la que me dice monito desde que nací.

Me equivoqué al no dejar más instrucciones, por desgracia para todos, incluso para mí. Fui parco y abstracto, como era previsible. El simple movimiento rozado de la ciudad: las lluvias, el viento, los barrenderos, los peatones… y mi desplazamiento precipitado habrán provocado la desaparición de las pistas. Parece imposible, por la cantidad de cámaras, pero una ciudad puede engullir a cualquier persona, olvidar varias vidas en un día. La ciudad no tiene memoria, es la memoria. Su historia se construye desde los ojos de las personas que la miran. Por eso busqué una solución que me integrara en ella y me permitiera pasar desapercibido. Y aquí, el encierro; hasta llegar a este pequeño habitáculo merodeé por polígonos, pisos compartidos, talleres de coches, trastiendas y más lugares en los que nadie pensaría. Fui pegando ocas por todos lados, cartografié mi miedo y mi búsqueda. Las personas que se encargan de estudiar la historia de la ciudad parten desde un evento fijo, para después recoger las modificaciones, los cambios de gobierno, la ausencia de edificios…, olvidando a los que viven allí, sus pequeñas historias. Básicamente construyen un mapa mudo de eventos comunes. La memoria de la ciudad es pura infraestructura inmobiliaria. Nadie sabe cómo interrogarla, pero lo determina todo desde su presente.

La ciudad también me ha permitido buscarla. Lo siento, mamá, fui a por Alba, a encontrarla, en ningún momento te elegí a ti. Os dejé atrás, rodeados de pistas esquivas con las que es casi imposible que deis conmigo. Esa manera de huir también ha servido para protegeros y salvaros. Una vida se derrumba y arrastra una ciudad entera con ella. La conexión es directa: a través de los sentimientos uno se relaciona con las plazas, las avenidas, los edificios. Cuando paseaba o merendaba con Alba, las calles tenían importancia, se convertían en el espacio que envolvía nuestra vida, dotaban de límites exteriores al recuerdo, y gracias a eso soy capaz…, aun repleto de miedo, soy capaz de recorrerlas mentalmente. Veo a Alba con su blusa azul y un café en la mano, paseando detrás de mí, por la sombra, para evitar el calor infernal que hacía. En la sombra nadie nos descubrirá, me dijo. Y esa calle será para siempre un juego, una aventura para mí. Todo es posible de esa forma. Pero también es una gran mentira, después de trabajar en *Despacio* me he dado cuenta: la ciudad es hostil para muchas personas. La ciudad expulsa y expulsa. No está pensada para acoger a cualquiera. Estoy convencido desde que soy un marginado, un afuera.[31] ¿Cuánta gente aquí dentro sobrevive? ¿Cómo se construye un recuerdo si estás siendo perseguido? Si pudiera salir, volver a ser arquitecto, montar mi estudio con Alba, lo pensaría(mos). No quiero resignarme a eso, a vivir en un piso del que te pueden expul-

31 *Post-it*: hace mucho ya.

sar en la zona más alejada de la ciudad, a depender de que una empresa me dé una vivienda, a residir donde no queda nada, donde no llega nadie, donde no mira nadie, separado de lo que me importa.

Esto me pasó por la mañana: estaba tumbado en el sofá, lanzando hacia arriba una bola hecha de calcetines que uso de pelota antiestrés. La esfera amorfa y negra caía y caía. En un determinando momento, no sé identificar la razón, comencé a percibir que su silueta cubría todo mi campo de visión, no dejaba entrar ni una pequeña traza del blanco roto de la pared. La primera sensación que tuve fue desagradable. La siguiente vez que la lancé un ardor me subió por el pecho. Sin apenas dudar golpeé con el puño la pelota de calcetines hacia la papelera, me levanté a prisa y empecé a vomitar y a boquear buscando el aire, el viento, sin acercarme a la ventana pero tanteando con los dedos su marco, las juntas. Ahora no me queda ningún calcetín, por eso ando descalzo a pesar del frío, pero no importa demasiado porque nadie viene a verme y solo he salido una vez para comprar desde que me encerré.

Debajo del fregadero había un bote de pintura. La ansiedad me ha obligado a usarla para trazar un mapa sobre la pared, con el propósito de captar al detalle lo que ha sucedido, los lugares en los que estuve, las zonas en las que trabajé, en las que hice rehabilitaciones, las personas a las que me he cruzado y el lugar en que las vi por primera vez… Ese mapa en cierta forma es este texto, que es una carta. Me he dado cuenta de que mi vida empezó con Alba; antes de nuestro primer día de clase juntos apenas había indagado en la ciudad en la que vivía. Con la pintura, me he obligado a recorrer mentalmente los caminos, los lugares en los que estuve, y los he marcado con un dibujo de una Oca, una A, y una D. He pretendido anticipar lo que me va a suceder, así que el mapa sirve también como una suerte de atrapadestinos. Creo que la escritura y sus conexiones, su sintaxis, el lenguaje, condicionan mi futuro. Alejé la cama de la pared para no mancharla –al pegarla al sofá he pasado a tener una cama de matrimonio–. Ese pequeño movimiento me facilitó continuar con este escribir-trabajar: el método, el seguimiento, el control. Estas palabras abiertas al mundo son incertidumbre, rodeos, quiebres y juego ingeniosos. Son un ojo que mira. Esconden dentro de sí un rastro que lleva hasta mí. O hasta ti, que estás en mí. He pretendido escribir solo la verdad para quebrar esta realidad deshonesta. Mañana volveré al diario, dejaré de alargar la conclusión de mi vida por mucho miedo que me provoque. Quizá apareces antes de que termine de escribir esto. Quizá cuando lo acabe esté más tranquilo y consiga pensar un plan para dejar atrás mi memoria y la ciudad. Quizá sepa dónde encontrarte de nuevo.

## *XIV: El Laboratorio*

A pesar de que tenía parte de la mañana y toda la tarde por delante para completar el encargo, no me demoré, por si surgían imprevistos. Salí directo al *Laboratorio*. Paseé tranquilo, evitando que los ruidos de mi cabeza me devolvieran a la conversación, porque con cada repaso que daba, apreciaba más y más algunos gestos tétricos, flexiones amenazantes en la voz del Ganso. Para evitar esa persuasión, centré mi atención en cualquier cosa que veía: perros vestidos con chalecos impermeables, cientos de paraguas amarrados a las muñecas de la gente, fumadores dentro de los habitáculos de protección que se levantaron para las inundaciones. La ciudad se preparaba porque se preveían lluvias torrenciales de nuevo para la próxima semana. Limpiaban los alcantarillados de colillas, pañuelos y objetos, reforzaban las actuaciones de los años previos, como la delimitación de la zona de laminación del río, los muros que protegen el núcleo urbano y el afianzamiento del sellado en las puertas del metro. En pocos meses se había modificado la ciudad entera, la celeridad de los planes de protección mostraba espacios desacompasados que se infiltraban en el propio tejido de la vida. Por la simple construcción de los elementos de protección el ritmo era otro, más temeroso. En las pantallas gigantes de las plazas se veía en directo a los camiones del ejército llenos de escombros moviéndose por la ribera del río y bajo los puentes de la autovía. Alternaba esa noticia con otra que anunciaba: ¡hallados los animales más hostiles del centro de rehabilitación de animales! Según las últimas informaciones los cocodrilos anidaban también en los túneles del metro. Faltaban por capturar algunos pájaros, como las ocas, a los que daban por perdidos. A cambio de los primeros fallecidos, de las lluvias recurrentes, empezaban a atender al aviso de los meteorólogos.

En algún momento del paseo, el aire se volvió ácido y mis ojos se llenaron de lágrimas. Pensaba que un reto tan simple era absurdo, tenía que haber algo más, un giro inesperado. Sentía cierta tensión; si no cumplía esa chorrada, estaba seguro de que perdería el apoyo del Ganso y de *Despacio*. El hostigamiento comenzaría y la acumulación de proyectos también. Me cargarían de trabajo y se llevarían por delante también a mis compañeros. Sobre mis hombros descansaban hipotecas, sueldos y las futuras familias de mi equipo. Aceleré el paso. Cientos de luces rojas y azules, que habían comenzado a serpentear por el cielo y entre los árboles, me rescataron del letargo. Una nube de humo negro anocheció la mañana. Al girar por una de las callejuelas, un edificio, al fondo, ardía. Las llamaradas se abocaban verticalmente desde las ventanas al vacío. Me quedé extasiado hasta que una persona se lanzó al colchón inflable que habían puesto los bomberos. Los toldos verdes del edificio se abrían como el film de una película que se quema, permitiendo que la luz pasara a las habitaciones, dejando de cumplir con su función. La gente hablaba y escuchaba a los bomberos, que gritaban algo sobre un señor calcinado. "Horrible, horrible, la casa, infestada de basura". A través de los camiones de bomberos, en línea recta, resaltando en medio de aquella geometría, manteniendo su condición estática, se alzaba junto a una esquina, como una señal de emergencia, el cartel lumínico del metro,[32] donde se anunciaba la línea 7. Se me erizó el vello, así que apunté la calle en el móvil, para investigar en *Despacio* el futuro de aquel edificio.

Llegué hasta el *Laboratorio* en modo mecánico. En algún momento del paseo los recuerdos quedaron difuminados, se escurrían en los recovecos de las calles, entre los árboles repetidos. Me senté en una cafetería que había en frente de la heladería. Elegí una mesa desde la que observar la puerta sin que nadie sospechara, sin que nadie pudiera interrumpir mi visión. Solo quería cerciorarme de que no sucedía nada, de que no había movimientos extraños. Pedí un bocadillo con patatas y un refresco para normalizar mi situación. Estuve escribiendo en el diario las sensaciones que había tenido a lo largo del día, sin dejar, en ningún momento, de observar y atender a lo que ocurría en la heladería: aparecieron un par de camiones para descargar provisiones en palés. Los hechos, la conversación con el Ganso, la petición y el paseo por la ciudad me parecían remotos y bruscos, como si estuvieran afuera de mí o pertenecieran incluso a otra semana. Desde que salí del *Estanque*, sin embargo, se reacomodó el día poco a poco. Miré por la ventana y la heladería seguía cerrada.

32 *Post-it*: líneas de huida.

Mi misión comenzaría a media tarde. Apenas me quedaban las últimas patatas en el plato y me entró un mensaje en el móvil de Alfonso Ganso, con un archivo adjunto. Era una imagen, un pantallazo de una llamada que había realizado a *Aalto Director*. En el texto decía: esta noche hablamos, pero no vuelvas nunca a mentirme. Me quedé petrificado, sus conexiones eran tan abrumadoras como rudos sus movimientos. Ni siquiera había esperado a que llegara esa noche con el encargo. Intenté no ponerme nervioso, así que escribí y escribí. Temía mis propios movimientos, mis expresiones. Si cometía un desliz el decorado de mi vida se venía abajo. Sabía que lo que me pasaba no era una ficción, porque no podía moldear la realidad; todo lo contrario, se me escapaba, huía en otras direcciones. La ficción puede asimilarse a lo real, pero hay una distancia siempre, tiene que existir una acción que sirve de paso, de entrada; esa interferencia modula, fija marcos y márgenes, desprende lo que es posible, antecede el resultado. Escribir me daba pavor en aquella situación, así que me dediqué a dibujar figuras tenues y fugaces. Cuando me tranquilicé, puse en marcha mi plan. Lo único que había detrás de su estrategia de distracción era el poder, que es el mecanismo que hace que gire el mundo. Alfonso Ganso siendo un trabajador tenía cierto poder, aunque minúsculo, y yo por entonces no podía abolirlo. Tenía que adaptarme a él hasta que pudiera seguir escalando en *Despacio*; en ese momento, se voltearía la relación, nos hablaríamos y nos miraríamos de tú a tú, sin chantajes y sin miedos. Su figura quedaría reducida y ahuecada, como un cadáver.

Para hacer tiempo deambulé por el barrio y compré lo que me faltaba para que el plan saliera a la perfección. Al levantarme de la mesa y salir de la cafetería desconocía cuándo podría volver a escribir en mi diario. Era posible que la situación se complicara y lo hiciera por la noche en *El testigo*. Ya vería.

Me acerqué al *Laboratorio* para echar un primer vistazo. El local se había asentado turísticamente desde que abrieron, y mientras yo comía, en la calle se formó una cola enorme que aminoraba al doblar la esquina, similar a la de las administraciones de lotería en Navidad. Las colas y la espera son un perfil de resistencia a los mecanismos que imperan, así que me impresionó. Observé pensativo unos segundos en medio de aquel aire incandescente. El espacio estaba decorado en el exterior con neones que imitaban cucuruchos de helado, había también una carta en la puerta que se asemejaba a una tabla periódica. Dentro, las paredes eran blancas y tenían colgadas más luces de neón pero simulando probetas o cucharillas. El color era tan puro y limpio que impregnaba hasta los remates de los apliques eléctricos; la maquinaria, la caja registradora, los datáfonos, las luces, todo era blanco, menos los helados. Horterísimo. Un chico sonreía vestido con su bata de dentista, gafas de protección y un gorrito. En sus frases se apreciaba una cortesía aprendida, impostada, como de manual. Sus movimientos buscaban la pulcritud, la corrección, sus rangos eran los justos, como si fueran los más precisos que existían para servir un helado. En una pequeña ensoñación por la ansiedad, incomprobable, pensé que el heladero se estaba formando para ser actor; utilizaba las horas en *El Laboratorio* para ensayar escenas y coreografías. Justo cuando yo acudí representaba al científico, papel que encajaba a la perfección en ese ambiente. Sin embargo, me habría gustado verlo interpretando a un cruento asesino en serie, con esas paredes tan blancas de fondo, como si las hubiera limpiado con lejía para no dejar pistas. Vertería sobre los helados sirope de frambuesa espesado para imitar la sangre de los cadáveres, amenazaría a los clientes con sacarles los ojos esgrimiendo su cuchara para hacer bolas de helado. Es posible que en Halloween hagan algo similar. Si solventaba el encargo, volvería para comprobar el rigor de mi imaginación. Luego me percaté de que usaban un guión de obligado cumplimiento, porque la otra heladera atendía a los clientes de la misma forma. Juzgué como extraño que hubiera dos actores. El estilo de ella era similar, aunque menos artificial, empleaba las máquinas para cortar y ofrecer esferas pulidas de distintos sabores. Los cucuruchos tenían forma de probeta y las tarrinas imitaban las placas de Petri pero con una profundidad mayor. El helado así tratado se asemejaba a un experimento. Tuve la sensación, que no duró más de tres segundos, de que, si pensabas mucho en la actuación y en lo que veías, dudabas sobre si comértelo o no. Con precisión algebraica sentencié que se habían puesto de moda recientemente ese tipo de heladerías que utilizan elementos de la realidad. Quizá la gente se había aburrido de comer helados en los mismos recipientes que sus abuelos, así que ahora en vez de innovar sobre la textura o el sabor que ofrecían, se han centrado en modificar la forma. Aposté por que en algún local de la ciudad podías comerte un polo de chocolate con forma de oreja o de labios, incluso de un ojo. Era curioso que no hubiera repartidores acumulándose en la puerta y estorbando con sus mochilas enormes. Desde las cristaleras no atisbé la máquina que expulsa tickets con los pedidos, así que es posible que trabajaran a la vieja usanza, solo con clientes presenciales. Me pareció raro.

Paseé por el barrio intentando calmarme, siguiendo mi plan. Quería hacer un poco de tiempo para no presentarme en el *Estanque* demasiado pronto. ¿A qué hora cenaría el Ganso? Durante la caminata me relacioné con el espacio y sus soluciones y contradicciones, observando que a veces sus elementos externos emergían como una respuesta al entorno. Cada calle, balcón, ventana, local o plaza tenía una forma concreta de relacionarse con el vacío. Echaba en falta descentrar mi mirada. Por eso revisé mentalmente mis proyectos en *Despacio*, intuyendo en ellos síntomas de estancamiento: líneas y soluciones repetidas. Le había hecho frente a la escasez de tiempo y al volumen de proyectos a través de la automatización de la solución. Es probable que, si usáramos un escalpelo, utilizando el campo semántico del *Laboratorio* para rascar sobre la superficie de mi trabajo, no se desprendería ni una sola idea autónoma e imaginativa, imprevisible. Lo que se hallaría sería puro aburrimiento, mecanización, imitación. Trabajo que podría haber realizado cualquier compañero de mi carrera.

Con mi imaginación desbocada llegué a la heladería. Estuve un rato en la cola. Prestando atención a los movimientos de los heladeros intuí el inicio de un rito que servía como ejercicio hipnótico. Similar a los bailes de apareamiento de algunas aves, que danzan junto a su futura pareja para convencerla de que son la mejor opción disponible en esas hectáreas de selva, bailes en los que muestran sus enormes plumas coloreadas desde todos los ángulos para que se aprecien los retazos dorados que se expanden por zonas no visibles, y, a veces, incluso, inflan su pecho como un globo, convirtiendo su amplitud torácica y bombeada en una cualidad irresistible para su pareja sexual. Algo así estaba sucediendo. Pero en vez de estimular la sexualidad de los clientes, se centraba en su deseo de compra. La chica que iba delante de mí solo quería una tarrina y sin notarlo ya cargaba otra más. Roté la cabeza como una lechuza y observé los obnubilados rostros de los demás, ansiosos de compra, salivando casi. Al descubrir su truco, lo pude desactivar para impedir que me afectara. Además, mi misión se retrasaba con esta parafernalia y comenzaba a sentirme deseoso. Me tocó mi turno y caí en la cuenta de que no estaba en el expositor el helado que me había pedido el Ganso. Me angustié, el perfil del día se giraba. ¿Ese era el umbral que no podía superar? No me quedaba otra opción, así que le dije al chico: quiero una tarrina mediana de chocolate y mango. La expresión del heladero se endureció, perfilando una sensación de desasosiego y desconexión, una esperanza de respiro. Abandonó su papel y la coreografía. Entró por una puerta y me sugirió con la cabeza que lo acompañara. Bajamos por unas escaleras a una sala inmensa que funcionaba como almacén: se amontonaban servilletas, cucharillas, tarrinas con forma de placa de Petri, amasadoras, frigoríficos, congeladores… No hablaba ni me miraba mientras preparaba el helado de chocolate y mango de medio litro que sirvió en una neverita de corcho. Él ya sabía lo que yo necesitaba. Se fue a por una tarrina vacía hacia el otro extremo de la sala. Cuando la traía, junto a una cucharita y un montón de pañuelos, se tropezó con un cable, y se golpeó la cabeza contra un frigorífico que cedió a su fuerza. Una puerta quedó a la vista. Lo primero que hice fue interesarme por él, pero estaba inconsciente, así que le saqué la lengua con los dedos para que no se atragantara y lo tumbé de lado. La extraña petición del Ganso, el ambiente de la heladería, el propio proceso de trabajo de la empresa, mis dudas, las amenazas y el control obsesivo eran motivos suficientes para abrir esa puerta. Y eso hice. Estaba seguro en lo más profundo de que había algo detrás. Al principio no podía abrirla, a pesar de los empujones y las patadas, por lo que usé una paleta enorme para forzarla. Tres breves escaleras me invitaban hacia un pasillo oscuro y enorme que discurría en dos direcciones. Bajé porque estaba iluminado con los faroles que se usan en las obras y en las minas, una cuerda pegada a la pared servía como guía para la penumbra. El techo estaba sin trabajar, en otro contexto habría esperado encontrarme alguna estalactita. El miedo en la vida se manifiesta de diversas formas, yo me quedé inmóvil, asustado: la suciedad y cientos o miles de plumas cubrían el suelo. ¡Miles, miles de plumas! Pero gracias a la anchura del pasillo y a la oscuridad estoy seguro de que parecían menos. También entre las plumas aparecieron miles de huellas, tanto humanas como animales, en algunos extremos de la pared se veían marcas de ruedas, quizá de alguna carretilla. Podría haberme dado la vuelta, pero me comprometí con lo que sentía. Elegí uno de los lados y anduve durante un tiempo. Puertas y más puertas inaccesibles se sucedían. Me acerqué a varias pero no pude abrirlas. A lo lejos, del lado que había elegido, un ruido estremecedor imperaba y me atraía, como un canto irresistible. No se extinguía. Por más que caminaba nunca me aproximaba, no podía recorrer esa línea recta despreocupadamente. Era una tarea muy difícil para mí solo y no soy valiente: me volví. Asumí mis condiciones, no estaba versado para ese tipo de aventuras. Tampoco necesitaba muchas más pistas para descifrar el enigma: el conducto en el que me encontraba conectaba con el metro en algún punto y, también, con sus distintas líneas, quizá se unía con mi cobertizo[33] y las casas de mis compañeros. Estoy seguro de que las puertas cerradas, las que intentaba forzar, daban acceso a cada una de las rehabilitaciones de *Despacio*. Un ave pasó planeando cerca de mí sin apenas hacer ruido. Al aterrizar, por su contorno de espaldas y el coqueto balanceo de su cola deduje que era una oca. La observé como si fuera una tempestad. Emigraba de norte a sur a través de los pasillos. Reanudó su vuelo desordenado hasta que se deshizo en la penumbra. Abandoné corriendo el pasillo y subí para auxiliar al chico que estaba desmayado. Tenía que salir a encontrarme con el Ganso, así que avisé a su compañera, que bajó para cuidarlo después de despachar a los clientes. Paré un taxi para que me llevara a *El Estanque*. Al apoyarme en la ventana del coche, el reflejo me mostró mi cara blanca y enloquecida, con las ojeras escarbando los surcos de arrugas que no recordaba. Me maravilló el silencio del coche, después del ruido atronador e indescifrable, y pensé y pensé: ¿qué hacían con las ocas?, ¿traficaban con ellas?, ¿paté?, ¿las vendían o las criaban?, ¿eran las ocas del zoológico?, ¿y con las rehabilitaciones?, ¿para qué querían acceder a las viviendas cuando ya las habían entregado?, ¿movían por los pasillos la mercancía y la distribuían a través de los pisos? Mi cabeza era un torbellino. Las preguntas se sucedían sin parar, eran insostenibles.

Lo había visto pasear por la oficina con un ritmo inusitado, a menor velocidad que los demás. Coincidimos en diversas reuniones en las que permanecía en silencio hasta que

33 *Post-it*: la puerta de acceso.

intervenía resaltando detalles innecesarios que interrumpían las exposiciones sin necesidad. No pude identificarlo en *El Estanque* porque se quitó las gafas de pasta de colores que suele llevar en la oficina. Es un camaleón: pura apariencia. Fui enlazando imágenes hasta construir una hipótesis: el Ganso llevaba acompañándome en mi vida mucho tiempo, lo recuerdo hablando en las noticias cuando cerraron el centro de rehabilitación de animales, en las primeras obras del río, en la cafetería de la universidad después de alguna charla, en la tienda de mi padre, en el pasillo de *El testigo*... ¿Me seguía desde hacía tanto? ¿Había sido él el que intentó entrar a nuestra habitación? ¿El destino puede tener forma de hombre? Su cara es tan neutra, tan inclasificable e irreconocible fuera de determinado contexto, que es posible que sustituyera en mi memoria otras caras comunes de gente común. Desconfié más aún de mis ojos y de mis recuerdos, pero el helado me enfriaba las manos y me daba miedo que se derritiera, así que entré al *Estanque*.

Estaba sentado en la misma mesa. Un sentimiento de extrañeza se me adelantó. El Ganso era el mayor de mis problemas en ese momento. Parecía que su figura se apretaba a mi alrededor, como si tiñera de color las paredes de cualquier espacio. Chico, chico, ¡qué bien verte! Espero que el heladero se recupere bien, dijo y me miró esbozando una sonrisa socarrona. Me encontraba un poco mal, mareado, así que me di prisa y le entregué el helado impoluto. Muy bien, chico, muy bien. Has cumplido tu palabra y ahora tengo que cumplir yo la mía. Pero antes... tienes que dejar de temblar. ¿Quieres sentarte? Venga, venga que esto no es una invitación. Piensa que está todo bien. Aunque..., no te fijaste en las cámaras. Bueno, bueno, no serás un arquitecto magnífico si no retuviste lo que te rodeaba. Presiones, pruebas, zancadillas. No te creas que estoy de acuerdo con el método de *Despacio*, consideran que esa es la forma de construir trabajadores comprometidos con su causa. Has cumplido. Yo tenía esa certeza, dijo y continuó: pero me has mentido, chico. No eres tan valiente como en la prueba de acceso, cuando viste a tu madre arder ni siquiera te inmutaste. Hoy, sin embargo, has echado a correr al ver ese pasillo que se bifurcaba. ¿En qué te hemos convertido? Apuestan por ti, por eso te han dejado mirar, quieren que asciendas. Sabemos que entraste al ordenador de Ricardo, el reconocimiento dactilográfico de las teclas hizo que saltaran las alarmas. Eso aceleró nuestros planes. Pero me has mentido, chico, me has mentido con lo de *Aalto*. Y a un jefe no se le miente ni se le contesta, ¿verdad, chico?, dijo. Yo no entendía nada, imagino que mi cara tenía que estar tan descompuesta como mi barriga. Si no me cagué encima fue porque no había comido mucho ese día. Sudaba por cada poro de mi piel, mi camisa blanca se transparentaba. Opté por mantenerme en silencio, procesando la información, organizándola, dotándola de sentido. Lo que siguió fue vertiginoso. Chico, he llamado a *Aalto*, ahí no ha trabajado ninguna persona que se llame Alba en los últimos años. He seguido ahondando y he consultado los graduados en tu universidad, en tu promoción y en la posterior y anterior, tampoco había nadie que se llamara así. Confiaba en ti, te vi predispuesto, en *Despacio* te tienen bien considerado… No sé si te lo has inventado para reírte de mí o qué… No sé bien qué pretendes, ni siquiera saben de tu existencia fuera de las oficinas. ¿Quién te crees que eres?

Entenderás que no me gusta que nadie me mienta, chico. ¿Por qué me mientes? Si estoy en este puesto no es tanto por mis dotes técnicas como por el resto de cualidades. Soy un sabueso, rastreo hasta el final, siempre obtengo lo que quiero, pero aquí... ha sido imposible. ¿Pretendías conseguir que la empresa te dejara acceder a una obra mintiendo, amparándote en unas técnicas de un estudio de renombre? Chico, qué desastre. Me enfadas, y mucho. He decidido registrar tu teléfono de empresa, porque tengo autorización para casos de emergencia y que se rían de mí es una emergencia, ¿no te parece? Pues te lo confirmo, tampoco tienes ningún mensaje con la tal Alba, solo con tus padres, ¿qué pasa, no tienes amigos en general? No me da pena tu vida. He revisado las cámaras de *El testigo*, como lo llamáis los de tu equipo, te he visto hablar mientras dormías. Alba, Alba, decías, como si invocaras un espectro. ¿Qué vives, en un sueño? ¿O es que estás peor de lo que nosotros pensamos? Algunas veces te has quedado a solas en el cuarto y has improvisado respuestas a conversaciones que no estaban teniendo lugar, te he visto guardando silencio como si "Alba" te estuviera respondiendo. No estás bien, chico, no estás bien, aunque trabajes como una mula. Quizá necesitas unas vacaciones. Una persona desequilibrada no puede estar en nuestras oficinas porque vas a causar un problema. Otro te habría creído, pero has venido a dar con Alfonso Ganso y el último que se rio de mí no salió bien parado. Hablaré con Ricardo para que te den un descanso y alguien te cubra. Como me gusta ir con la verdad por delante, a diferencia de lo que tú haces, que sepas que voy a informar negativamente de ese acceso a la discoteca improvisada y, obviamente, voy a dar parte de lo que ha sucedido entre nosotros. Si pretendes ascender en *Despacio* vas a tener que currar más de lo que hayas imaginado en tu vida. Olvida lo que has visto en la heladería. Olvida que me conoces. Ni se te ocurra saludarme por los pasillos si no quieres que te despida. De Alfonso Ganso no se ríe ni su madre, ¿me entiendes? Fuera de mi vista, y llévate este helado derretido, dijo. Intenté replicar, aunque mi voz me faltaba, no estaba en su lugar. Sois vosotros los que os habéis llevado a Alba…, después de descubrir las malditas puertas, estoy seguro, dije levantándome y empujando la mesa contra su cuerpo, impidiendo de esa forma que se pudiera mover. Pienso encontrarla, y cuando lo haga, cuando esté conmigo, iré a por ti, a por vosotros.

Me dio un dolor profundo en el pecho. Me retiré con la cabeza baja, boqueando… apenas el aire me accedía, se agotaba. Otra bocanada, otra vez sin aire. Dejé *El Estanque* y al Ganso, que vociferaba incongruencias desde dentro. Angustia, ansiedad, horror, enfado. En la calle tenía la sensación de que era el centro de las miradas. Me extrañaba la ciudad, parecía un paisaje desconocido de pronto. Agarré el móvil con la urgencia del vacío, del descuadre. Busqué el número de Alba en mi agenda. No lo encontré; registré los mensajes, tampoco había. Salí corriendo hacia *Aalto* a buscarla y llamé a mi madre mientras. La adrenalina me dirigía y me permitía continuar sin detenerme. Mamá, tú a Alba la conoces, ¿verdad?, pregunté. Claro, cariño, siempre nos has hablado de ella, ¿tu amiga de la universidad?, ¿qué te pasa, cariño, vas jadeando?, dijo. ¿Te acuerdas de cuando recogió el premio al mejor expediente en mi graduación?, pregunté. Cariño, ¿qué premio? Recuerdo que a ti te dieron un diploma que tienes aquí en casa, lo mismo fuimos al baño en ese momento o estábamos tan contentos que no nos dimos cuenta..., si quieres le pregunto a tu padre, pero ¿qué le ha pasado?, ¿está bien?, ¿la han despedido?, preguntó. ¿Nunca os he enseñado una foto de ella?, ¿no te acuerdas cuando hablé con ella en la graduación?, grité. Cariño, no entiendo qué te sucede. Sí, nos has hablado de ella, sabemos que habéis estudiado juntos, que es tu amiga, que la quieres, pero nunca nos la has presentado, ni siquiera sabemos cómo es, dijo. Ha desaparecido, mamá. No está, no la encuentro. Voy camino de su empresa. ¡Hay algo jodido detrás de todo esto! No te quiero contar mucho más porque te voy a poner en peligro. Si te acuerdas de algo de ella... guárdatelo para ti. No te asustes, no te preocupes. Es difícil pero ya te llamaré cuando esté en un lugar seguro. No me busquéis que va a ser peor para todos, dije y colgué sin darle tiempo para contestarme.

Me detuve un segundo, cerca de una parada de metro, a buscar en el móvil los mensajes. Sentía que se deshacían, pero que estaban ahí. No encontré nada otra vez. Es probable que la empresa, al acceder a mi teléfono, hubiera borrado su existencia por completo. Pensé atraído por el miedo desmesurado: si quieren que alguien no exista, disponen de esa capacidad. Ricardo me llamaba insistentemente, seguro que el Ganso ya le había contado. Decidí apagar el teléfono. Volví a correr, para evitar que me pudieran controlar desde las cámaras de la estación. Flaqueaba pero no tenía en ese momento dónde esconderme. Con la insistencia de Ricardo entendí que me buscaban, que *Despacio* estaban detrás de mí. Y su red tentacular...

Llegué a *Aalto* y estaba cerrado. Me extrañó porque según Alba terminaban siempre muy tarde de trabajar. El sensor de movimiento de la puerta de entrada no respondía a mi presencia. La empujé con fuerza pero no cedió. Del interior del edificio apareció un guarda de seguridad que venía hacia mí corriendo, su figura enorme se desdibujaba por la oscuridad y el vinilo con el logo de la empresa. Aún en la desesperación, salí corriendo, no tenía ganas de responder más preguntas y el Ganso podría haberlos avisado.

Quieren hacerme dudar. Sé que Alba existe, aunque no sé dónde encontrarla ahora. Estoy escondido en los baños de un parking, en la quinta planta, huele horrible. Nadie va a buscarme aquí. Apunto en esta libreta mis próximos movimientos: buscar huellas de Alba por la ciudad; sacar el máximo dinero posible en distintos cajeros (desde el último cajero tengo que buscar refugio definitivo; hacer trampa: sacar poco dinero en el último sitio e ir en dirección contraria); dejarle pistas a mi madre por la ciudad para que pueda llegar a encontrarme (peligro: ¿y si la siguen?). He reventado el teléfono con una piedra y lo lancé a un estanque para que sea irrecuperable. Huiré a través de la ciudad y cuando consiga establecerme ataré cabos, encuentros, revisaré las notas que he tomado alguna vez. Haré lo posible por encontrar a Alba. He pensado en volver a mi casa y acceder a los túneles desde la cabaña en la que duermen las ocas, pero ya habrán desplegado sus equipos hasta allí seguramente. En un rato comenzaré a recorrer la ciudad. Para ese entonces será media noche. Estoy en el centro de la noche, suena un grito ahogado en mi cabeza que no es ni siquiera capaz de desplazarme del punto en el que estoy. En el centro de la noche, la ciudad es una bola de cristal, un atisbo de futuro y de escondite. El único lugar en el que puedo sobrevivir.

*18 de septiembre*

Me afilié a lo menor de esta disciplina: un helado, una forma. Entre los síntomas del miedo, aparte de mis rodillas y mis plegarias exhaustas, está esta despreciable ciudad replicada en otras ciudades despreciables. Al fuego deberíamos apostar, a las cenizas de lo eterno. La senda de la tragedia empieza cuando alguien te cede un lugar (¿el centro del mundo?). Empapelado en mis residuos, planeo un rumbo inválido para otro (que no sea yo). Ese sería el hundimiento definitivo, así, ¿podría resurgir? Soy un síntoma pertinaz, idiota, devastado…, se me eriza el cabello, o me desespero. Es cierto, una época es siempre un chiste con su paciente cuchillo. Y estoy dispuesto a afirmar la historia, volada, impura, rasante que espera al otro lado del muro.

Ya es de noche y sigue el fuego sin existir. El punto más sensible ahora es mi soledad: tú desapareciste. Un telón oscuro lo cubre todo. Llegaré hasta la trampa, como un taladro. Ese es el mecanismo. Aunque dudo, ¿soy yo y una copia? Esta trama irresponsable no me deja dimitir, esto es lo que me decía. Cuando empiezas no es para tanto: claro. Esta ciudad es nuestra prisión. Repto antes, o después de, de esta caída. Y el aire, el aire, aun me llega y quizá me sirve para explicar(te) el futuro. Tenemos que rehuir: hoy. Sin preguntas, irnos. Proponérnoslo; solo yo te estoy esperando. Y aquí viene lo peor. hay que ser agujero o exiliados o fantasmas en la misma calle. Espectros que se escurren. Lo peor es, que puede ocurrir, arrepentirnos de los pocos, breves, pequeños encuentros. Nadie viene a escribir o a concluir lo que se escapa de la lengua. Lo contrario sería imperfecto. El futuro se revela y se descubre en su error: atajo: me ofrezco: insisto: toma mi cuerpo.

## *XV: la ciudad, un recuerdo*

Tu imagen fragmentada, abriéndose en el recuerdo hasta desaparecer, es la cuestión, es el fundamento de mi urgencia; lo veo ahora. A partir del 19 de septiembre deambulé abstraído por la ciudad, y volví a donde estuvimos antes. Esa era la clave para encontrarte: repetir lugares que me devolvieran tu presencia. Con este fin en mente, fui primero a la universidad, donde esperaba una señal que me condujera a ti. Iba lento, hundido, se podría decir que mi forma de caminar no tenía réplica, sino que traía consigo su propia intemperie.

Paseé por el jardín y el patio, por sus rincones antes amenos, hasta que continué al interior del edificio. Abrí la puerta de nuestra clase y, aprovechando la pausa de la profesora, me colé. Si me recibieron caras incrédulas y atónitas, no puedo precisarlo. Recorrí las filas buscándote, pero no estabas allí. Al rato, no sé si por mi presencia o por el tiempo, se terminó la clase y nadie se acercó a hablar conmigo. Entendí, mirando a la puerta por la que te colaste el primer día, que yo no estaba intacto, que te habías convertido en una parte central de mi vida. Se podría decir que eras mi desdoblamiento, la otra versión de mí: lo que me habría gustado ser. Pero eso no es prueba de que no existas ni de que yo te haya inventado. Me senté en el banco corrido, sobre el que te vi dibujar tantas veces, hasta que me expulsó un ordenanza del recinto. Mientras estuve allí, con los ojos abiertos y en pleno trance, como si meditara, aguardé con impaciencia un diálogo contigo que nunca me resonó. Era incapaz de replicar tu voz. Mis recuerdos más importantes se construían a través de imágenes: tu mano dibujando, tú de espaldas, tus cuadernos. Sin oponer resistencia, abandoné la universidad. Perdóname si me dejaste allí una señal, porque no supe verla.

Me poseía un terror que se debía a dos cosas: me estaban buscando, te estaba buscando. Con prisa anduve hasta la biblioteca. Era el siguiente lugar más cercano que había a mi alrededor. Los adoquines y las aceras eran de un color tan oscuro que a ratos me pensaba andando por un pantano. Apenas veía mis pies, apenas intuía mi cuerpo. No fui capaz de levantar la cabeza en ese pequeño tramo de ciudad, que ese día se me hizo inmenso. Ese tramo que se agotaba tan rápido cuando estábamos juntos… Prohibido el acceso sin el carnet de estudiante, rezaba un cartel antes del acceso. Revisé los inconvenientes y aproveché que la vigilante se echaba hacia atrás en su silla para coger algo de su bolso y me colé, saltándome también el detector de metales. Fui por el segundo pasillo a la derecha, como solíamos hacer. Rebusqué entre las filas de la biblioteca hasta que di con el libro que usamos para nuestro primer trabajo. Un impacto eléctrico me recorrió la espina dorsal, se me erizó el pelo, las manos me temblaban mientras sostenía el tomo abierto. Tus subrayados en la página 130 eran un decreto que se sostendría para siempre en ese libro desnutrido por el uso. A mi alrededor, las columnas de la sala operaban como delimitación para las mesas, donde estudiaban en silencio cientos de cabelleras a las que nunca les intuí los ojos. Pero a mí se me aligeraban los míos, que se humedecieron de pronto como si hubieran recibido un viento helado y dejaron salir miles de lágrimas. Esta vez sí me hicieron caso y vino alguien inocente a consolarme. Fui incapaz de disfrazarme otra vez con la indiferencia, no pude emitir ni un sonido que me tranquilizara. Mi voz se ahogaba. Hui a la calle. Dejé atrás zonas sin explorar e investigar, enterrando mil posibilidades. Recorrí el pasillo atendiendo solo al suelo y vi que me desdoblaba, me reproducía arriba y abajo. Me asusté, pensé que alguien me acompañaba…, realmente pensé que eras tú la que me acompañaba como una sombra, pero era mi propia silueta reflejada en el mármol, borrosa, la que me siguió hasta que abandoné el edificio. Perdóname si me dejaste allí una señal, porque no supe verla.

Me merecía esa mañana lúgubre, desdibujada por la lluvia que me empaparía un rato después. Yo era un espacio en blanco sobre el que golpeaba la ciudad que había sido nuestra, que te había absorbido. Podrías ser tú la ciudad entera. Entiendo que eso es la amistad, un mundo completo. Nuestros recuerdos en cada calle se metían en mi boca al respirar. Impaciente llegué al parque con los árboles ya crecidos, aunque no recuerdo cuánto tardé.[34] Atravesé los pasillos flanqueados de flores hasta que pude ver el banco y la pérgola en las que estuvimos una tarde entera. Ambos, para mi desgracia, proponían otro espacio deshabitado de ti.

34 *Post-it*: el tiempo se reunía en una dimensión ajena a la mía.

Quise recuperar, en ese momento, tus palabras, como había intentado en la universidad, pero fue tu cuerpo de esa tarde, con una pierna que se colaba entre el hueco del respaldo y el asiento, el que vi. También tu mochila abierta, tus libretas saliendo, a mí intentando molestarte…, objetos y más objetos, ¿y dónde tu cuerpo? Pensé en si podría existir una ciudad vaciada de imágenes. Me despertaron del ensimismamiento unos niños que jugaban a la pelota. Apuntaban maneras para convertirse en futuros delincuentes comunes. Habían reventado un nido de palomas y un rosal con sus juegos. Estaba en el banco, quieto, con la cabeza volcada hacia atrás, con mi nariz apuntando al cielo y los brazos apoyados en el respaldo. Una buganvilla de flores blancas se había adueñado de la pérgola, había anulado su vacío. No recuerdo mucho más, tenía un estado febril que deseé que fuera sepultado brutalmente por mi muerte. Pero me taladraba la posibilidad de encontrarte: tu ausencia era el mecanismo que me permitía caminar, continuar.

Seguía entregado al ejercicio de localizarte cuando comenzó la lluvia, que me arrojó con desesperación al interior de una cafetería y te vi, te vi en otro tiempo con tu cara de estudiante repleta de alegría e ilusionada. Fui a dar con un lugar olvidado pero que ya habíamos conquistado, quizá alguna de aquellas ocasiones en las que te obligaba a ir a cafeterías extrañas para no cruzarnos con nadie. Creía en mi memoria y ese error truncó mi confianza. ¿Cuántos lugares recorrimos juntos? ¿En cuántas cafeterías estudiamos? ¿En cuántos sitios te miré? Allí parado, mientras me preparaban el café, no era capaz de ubicar la mesa en la que nos sentamos. Por dentro, rezaba por que no me abandonaras, como si entonara un ritual antiguo, a punto de extinguirse. La silla crujía con mis ligeros devaneos. Estaba[35] seguro de que no podría soportar mi soledad. Me negaba a olvidarte por el miedo, por las amenazas, por mi puesto de trabajo. Aunque era tan difícil encontrarte… Tu hábito de fusionarte con la ciudad, de querer descubrirlo todo, tenía que volverse contra mí también. ¿Estoy exiliado en nuestra propia ciudad? Recuerdos y más recuerdos. En una conversación me hablas sobre la única farola hecha con monedas fundidas, por eso su color era distinto del resto de la calle. No oigo tu voz, veo tus dibujos en la libreta, por eso entiendo el movimiento de tus manos. Sigues: su desgaste es patente, he ido a verla, está junto a la Casa de la Moneda. La gente restriega billetes de lotería, la cabeza de sus hijos, alguno llegó a lamerla. Su simple existencia atrae a la gente supersticiosa. Pero ¿sabes de lo que me di cuenta?, de que tenía la bombilla fundida. No sé cómo aprendiste a mirar así. Esa tarde la luz se invirtió bajo aquella oscuridad parcheada.

Tiritaba: un cúmulo de sensaciones indescriptibles se bloqueaban al intentar salir de su encierro de años. Hablé con el señor de la cafetería para pedirle un té caliente. Imagino que mi cara descompuesta le advertiría de mi estado y me ofreció que fuera al baño a secarme la ropa. Allí dentro, con las puertas llenas de pintadas y el olor a pis, por primera vez estuve solo, resguardado, y fui consciente de que vivía, fui consciente de que todo lo demás lo había hecho en piloto automático. Los sentimientos me encogían el pecho y me costaba respirar, pero intentaba que ninguno de ellos se

35 *Post-it*: y estoy.

impusiera. Quería tener la mente lo más despejada posible, quería ser racional para saber a dónde ir. Me mantenía en pie por la adrenalina. Estaba perdido, no sabía cómo enfrentarme a un grupo de criminales, y menos a uno que manejaba los mecanismos más abominables, a uno que controlaba la ciudad entera. Huir buscándote, no hay otra. Mientras el aire caliente ondeaba mi camisa, que empezaba a ponerse rígida, revisé las marcas y los dibujos de la puerta con la esperanza de que hubieras dejado una señal. No había nada. Al salir agarré la bebida y me conjuré al último lugar que compartimos.

Mis pupilas se regularon para adaptarse a la disminución de la luz: anochecía. Me adentraba en la hora de los fantasmas, donde los cuerpos se desdibujan y las caras, en la distancia, son solo una idea sin forma. Seguía temblando, había sido capaz de sobreponerme al frío pero no al miedo. Notaba mis pies arrastrándose por el suelo, estaba a punto de desfallecer. Las calles me eran ajenas, a pesar de saber el recorrido de memoria. Cuando venía alguien me escondía entre dos coches o dentro de un portal. Esquivaba las paradas de metro para evitar las cámaras de *Despacio.* Los reflejos de los escaparates eran un problema porque siempre te veía conmigo, siempre detrás como si me protegieras. Pero cuando me giraba nunca había nadie. Los maniquís de las tiendas llevaban tu ropa. No me reponía, la ciudad era un espacio remoto que se alejaba de mi percepción.

Al ver los neones de la cartelera me tranquilicé. Revisé las carátulas de las películas y sus horarios. Los neones emitían un sonido ligero que me recordó al aparatito que mi abuelo ponía en la terraza, el aparatito de luz azul que hacía chispas cuando moría un mosquito. Le pregunté a una persona la hora para saber cuál era la próxima película. Me apoyé un segundo en la pared de la taquilla antes de comprar la entrada. Estaba seguro de que iba a encontrarte sentada en la misma fila y sala que la última vez, esperándome con la intención de hablar sobre la película que dejamos apartada por el trabajo. Las palabras se disolvían en mi cerebro, incapaces de renovarse, de volver a emerger, así que decidí no hablar. Cuando crucé el control de acceso, giré por el pasillo opuesto para colarme en la sala donde vimos nuestra película. Esta vez proyectaban una de terror. Al acceder al patio de butacas me vi envuelto en un susto, la música se incrementó descontrolada y la cara de un fantasma se aproximó al espectador a través de pequeños cortes de luces que contrastaban con el, imaginado, momento de tensión previo (el patrimonio de ese género). Ni me inmuté. Te busqué pero en la sala no había ni un alma: la película se reproducía para nadie (quizá ese es el último fin del arte, estar a pesar de todo). Me senté en tu asiento vacío y rompí a llorar. Lo retenido, que había conseguido aguantar en la cafetería, brotó. Me vi envuelto por miles de estímulos que sobrepasaban mi resistencia natural, me atravesaban, me cruzaban con conmovedora paciencia. Fueron poco a poco desgarrando la distancia que me separaba de lo real. Mi cotidianidad se desprendía de la vida ideal que yo había pretendido. Pura y simplemente yo estaba dejando de ser una máquina inerte. ¿Qué significaba eso? No lo sé con exactitud, pero las lágrimas se sucedieron hasta que mis ojos se secaron.

Salí por la puerta de emergencia antes de que finalizara la película y saltaron las alarmas del cine. Una acumulación de pasos, de carreras, hicieron temblar el suelo. La calle se llenó de gente y de fondo ya resonaban las sirenas. Tambaleándome, como si hubiera estado bebiendo, llegué hasta una plaza construida en el hueco que dejaban unos edificios. Me tumbé sobre un banco de piedra: no tenía sitio al que ir ni nadie al que acudir. El lugar era horrible y decadente, a mi alrededor había gente durmiendo en cajas de cartón. La vegetación estaba deteriorada y seca, quizá porque la engullían las paredes de los edificios. Una escultura de un cubo enorme ocupaba el centro del lugar. Los bloques asomados al agujero, desvirtuando el cielo, me agobiaban porque sentía que se volcarían de pronto, enterrándome. Estaba extenuado, no podía más. En ese infierno verde repleto de cemento me ahogué con las palabras y escribí:

*19 de septiembre*
¿A dónde voy? Al costado, al borde, al precipicio de la ciudad, en su orilla, en su límite, en su franja. ¿Allí? ¿Y cómo? ¿Andando? Alaridos aflorando puntiagudos quintuplicados de dolor. ¿Y yo? Callo, guardo los dientes, me los trago con su calcio, sus caries. Hago fuerza con la lengua, con los ojos, cada vez más fuerza: desparramada hasta que el globo explota. ¿A dónde tu nombre? ¿A dónde tú? Las entrañas laceradas aprovechan para machacarme el paladar, la lengua. ¿Qué puedo decir? Y todas mis palabras infestadas ahora están peor porque no acuden ni salvan ni aportan. Me doy latigazos de potro. ¿Y la vida? Se alarga sin tu sombra o hasta tu sombra. No entiendo el destierro sagrado. Ojalá una sábana de pronto, lanzada desde la

azotea de los edificios, me cubriera la cara: el amortajado. ¿Pero así? Débil, ojeroso, esquivo. ¿Así ante ti podría llegar? Le fallaría a tu vacío que aún no es tanto, que seguro cacarea y me responde si le pregunto. Aquí te prometo que aun bajo el miedo no dejaré de buscarte en nuestra geografía.

Era esa misma noche, ese mismo lugar, donde había llegado con prisa, donde se recortó mi vida y empezó a ser otra cosa distinta. Dejé de moverme a toda velocidad y sin pensar. Lo que escribí me sirvió para no rendirme en tu búsqueda. Por la mañana, tras haber dormido en un banco y con la espalda destrozada, atravesé los matorrales e intentando no alertar a nadie me confundí de nuevo con las calles. Con la apariencia desgarrada, durmiendo donde podía, conseguí ver lo que yo era. Paré el destino cuando conseguí este piso desde el que te escribo.[36]

36 *Post-it*: en esta ciudad enorme que absorbe plegarias, solo soy una boca áspera que repite tu nombre.

¿Quién está adentro y quién afuera, Alba? ¿Es todo el mismo plano? ¿Yo te compuse a ti o tú a mí? Cuando alguien desaparece o muere, se suele añorar más lo externo: esos lugares en los que pasasteis las últimas vacaciones, la libreta en la que guardaba la receta de las albóndigas, su manía de preservar la silla en la que trabajaba, ese pequeño gesto de detenerse antes de elegir una fruta, la manía de rebañar el yogurt. Es mentira lo que digo, lo externo es consecuencia del otro, de la relación que se ha vehiculado y que es inseparable. El cine para mí es importante por ti, porque fue nuestro entorno. Pero es sencillo recordar lo externo, mucho más que recordar las palabras de cariño, las caricias, las bromas, tus esfuerzos por hacerme feliz. Eso es más frágil. Yo, sin contarte a ti, Alba, recuerdo y echo de menos los libros de crucigramas de mi abuelo. Es el único afuera al que he recurrido. Me sorprendía que ese viejo lo supiera todo, además me dejaba hacerlos con él, me explicaba el significado de las cosas. Tengo marcado ese recuerdo. Y de los crucigramas salto a su cariño o a los valores que quiso inculcarme. ¿Sería él la primera persona con la que me sentí importante? Ya no sé qué digo ni en qué pienso, no creo que el afuera y el adentro puedan individualizarse o separarse, sino que se relacionan, se interferencian, como en la arquitectura.[37] Después de él, viniste tú, arrollando sin querer, con esa forma de ser que cambia a los demás, que transformó la ciudad entera y mi modo de comprender la vida. Estos textos que se ladean y me arrinconan, olvidan ya los verbos y sus cualidades, tu humanidad.

Así que, perdóname. He llegado al final de mi memoria, he llegado al presente, donde las cosas suceden y empiezan a convertirse en recuerdos, y no he podido encontrarte. He fijado mis ojos en cada fragmento posible, he incursionado a través de los huecos, cuando el dolor me lo ha permitido. He entregado la totalidad de mi cuerpo a esta tarea y aun así he sido incapaz de dar contigo. ¿Dónde te perdí? ¿Dónde estás? ¿Qué inmediaciones recorres? ¿Quizá estás tú buscándome a mí? Me siento un inútil.

Me gusta pensar que nuestra intimidad se expandió desde la arquitectura –tampoco podía yo hablar de otra cosa, nadie me había enseñado–. Tú lo intentaste, me cogiste de la mano para acompañarme a otros sitios. He tardado demasiado en identificar lo que sentía. Ese bloqueo en el lenguaje, aparatoso, me secaba por dentro. Nunca tuve ninguna habilidad para expresarme, fui demasiado hermético, incluso a veces estaba ausente. Puedo decir que intuía lo que me sucedía parcialmente gracias a tus experiencias y relaciones; por eso, para identificarme, imitaba tus sentimientos cuando hablabas y si, por ejemplo, decías: estoy enamorada, yo tam-

37 *Post-it*: ¿qué marca lo que es afuera o adentro? ¿Yo?

bién me enamoraba. He vivido a través de ti. Eres el ancla a una realidad menos abstracta. Me fascinaba observar cómo ese monstruo oscuro que habita en mí se alejaba cuando estábamos juntos. Al incorporar a mi organismo lo que eras, lo alejé; pero desde que te hicieron desaparecer, el monstruo se acerca de nuevo y no tengo nada que ofrecerle. Quizá, si me obstino, si continúo en otro lado esta contemplación amorosa, logro salir adelante, por supuesto, lleno de rencor hacia *Despacio*. Habito la desesperación. Si mis huesos se astillaran, de sus lascas asomaría un vacío más hondo que antes. Estoy solo, vuelvo a estar solo. Esta vez uso mis propias emociones para identificarme: estoy triste y abatido, estoy roto, estoy indefinido sin ti.

Para encontrarte, incluso en pleno miedo, huyendo, me zambullí en el revés de nuestra vida, la recorrí con otros ojos. Me puse frente a nosotros, intentando que mi mirada fuera más lúcida y pudiera recoger cualquier pequeño detalle que me devolviera a ti. Llegué por intuición, vagabundeando, a la casa de tus padres, pero nadie me abrió la puerta. Volví por segunda vez a los mismos lugares, agotado, desgastado, convertido en ornamento. Me paré durante días debajo de la estatua del parque y quise convertirme en ella para observar siempre nuestro banco del parque;[38] estoy seguro de que después de que pasaran grupos de amigos, amantes, familias, vagabundos, tú llegarías.

Tampoco me acompaña el sonido de tu voz, es lo primero que perdí: tu voz. ¿Cuál es tu tono? ¿Cómo te ríes?

38 *Post-it*: en la asimetría de los alrededores queda un rastro, la respuesta está allí.

¿Cómo era tu acento? ¿Cómo dices mi nombre? ¿Cuánto tiempo hace desde que desapareciste? ¿Cuánto tiempo hace que huyo? Sobre la superficie de la realidad, para soportarla, me he movido con la escritura. Ya no disponía de otros medios. Volver a nuestras conversaciones, transcribirlas de la mejor manera, intentando recordar lo que dijiste entonces, es el único método que he encontrado para mantenerte viva. Y así, en estos intervalos, tu ausencia me escolta y puedo volver a ti, a los instantes que compartimos. Porque, aunque quieran hacerme pasar por loco, como si desvariara, no lo van a conseguir. He sentido el tiempo que pasamos juntos, y creo que no hay nada más importante en el mundo que eso. Tus sueños siguen dentro de mí y me amargan la boca, me purgan la lengua porque solo responden ante ti. Quiero que sepas que los sostendré el tiempo que haga falta hasta que vuelvas a por ellos. He dejado de imaginar, de sospechar de las cosas, de proyectar, he dejado el futuro porque ya no tengo a nadie que me mire. ¿Cómo puedo encontrarte? Sé que estás viva, en este texto al menos. Aunque eso no me consuela. Me gustaría volver a hablar contigo. Sé que yo sería incapaz, aun en la soledad más radical, de inventarme una amistad y el amor que la sigue. La amistad surge cuando dejamos que nos inunde la luz del otro, esa atmósfera que nos escinde y nos permite ser. Una persona es incapaz de inventar ese tipo de luz que acoge. Si acaso, podría aproximarse de alguna forma pero nunca reproducirla. Lo que digo es que reconozco en mi respiración la angustia, mis ojos se cierran y mis manos hacen letras con el dolor adherido. Eso no se puede inventar.

Los espías de *Despacio*, el señor del coche con las lunas tintadas y los chicos con la camiseta de baloncesto llevan tiempo sin aparecer, al menos no los veo desde la ventana. No sé si eso significa que me han encontrado o que han dejado de buscarme. *Despacio* es un monstruo primitivo que, apoyándose en los mecanismos del sistema, controla la ciudad. No me extrañaría nada. Anoche vi mi cuerpo reflejado: una brisa podría arrasarme, un soplo del viento de verano;[39] los huesos se asoman por la piel, mis piernas parecen una cordillera, mis manos y mis brazos alambrados no son capaces de mover el sofá ni la cama. Veo la muerte cerca, por lo que he dejado de tener miedo. Alguien dijo: vendrá la muerte y tendrá tus ojos. Quiero que eso ocurra. Salir y morir de tranquilidad cuando sepa que estás bien; morir en tus brazos me parece incluso un buen final para este cuerpo, para este corazón al que no le importa si existes adentro o afuera de la realidad, porque te siente, recuerda tu tacto, es capaz de abrazar cada gesto que tuviste. Nunca te dije que te quería, que eras mi mejor amiga, y eso es lo que ha ocurrido: nunca te dije las cosas. Hay palabras que nunca alcanzan.

Eres una herida, existes. Eres una herida, existes. Eres una herida, existes. Eres una herida, existes. Eres una herida, existes. Eres una herida, existes. Eres una herida, existes. Eres una herida, existes. Eres una herida, existes. Eres una herida, existes. Eres una herida, existes. Eres una herida, existes. Eres una herida, existes. Eres una herida, existes. Eres una herida, existes. Eres una herida, existes. Eres una herida, existes. Eres una herida, existes. Eres una herida, existes. Eres una herida, existes. Eres una herida, existes. Eres una herida, existes. Eres una herida, existes. Eres una herida, existes. Eres

39 *Post-it*: ¿ya hace un año?

una herida, existes. Eres una herida, existes. Eres una herida, existes. Eres una herida, existes. Eres una herida, existes. Eres una herida, existes. Eres una herida, existes. Eres una herida, existes.

Me quedan aún lugares en los que buscarte. Creo que al fin estoy preparado para volver a salir, para dejar que el miedo me consuma, me arrastre o me devore. Tengo la esperanza de que regreses a mi vida, de que te hagas presente, como fantasma, como invocación, como persona. Tengo la esperanza de que alejes esta sospecha que me extingue. Quiero volver a abrazarte, a hacernos fotos para que esta paranoia no vuelva a repetirse, quiero poder montar nuestro estudio, quiero recuperar el equilibrio que me dabas, la inimaginable estabilidad que construimos. He dejado de dudar: existes, estoy seguro. Eres inimaginable, esa es la respuesta. Salgo a investigar, quiero ir a la ciudad a por ti y enfrentarme a los que me persiguen. Mi mano está cansada y mi cuerpo apenas puede resistir esta inundación de pánico.

Hace varios días que golpean a mi puerta aunque no abro. Ahora estoy preparado. Voy a guardar estas últimas palabras en el congelador. Vuelven a golpear otra vez a mi puerta. Estoy cansado. Cuando la abra dejaré de huir. Te prometo que daré contigo, te encontraré, hablaremos de la película que dejamos a medias. Seguiré escribiendo, desplegaré tu vida con mis palabras hasta que estemos juntos de nuevo. Los golpes son cada vez más agresivos. ¿Qué sentido tiene ya esperar? Esta es nuestra historia contada desde el miedo. Por si no vuelvo a este texto: he sido feliz a tu lado.

*Las ocas*
de
**Álvaro Cruzado**
se terminó de imprimir
en el mes de septiembre de 2025
en los talleres de Kadmos
Salamanca, España.